酒の歌

Sake no Uta

松村雄二

JN130709

コレクション日本歌人選080
Collected Works of Japanese Poets

笠間書院

『酒の歌』

目次

凡例

一、本書には、日本酒をよんだ和歌や短歌（一部、狂歌・詩・歌謡曲等を含む）四十四首を見出し項目に掲げ、鑑賞をほどこした。

一、それぞれの項目は「作者」「歌本文」「出典」「口語訳」「閲歴」「鑑賞」で構成し、鑑賞部分下段に「詞書」「語釈」「脚注」をのせた。また巻末に「酒の歌概観」「作者一覧」「解説」「読書案内」をのせた。

一、テキスト本文は、それぞれの歌をのせる出典資料のそれに従い、古典和歌（近世以前）の場合は『新編国歌大観』の歌番号を付した。また適宜漢字をあてて読みやすくしたが、近代以降のものは作者の表記を尊重し、あえて漢字をあてなかったものがある。

一、鑑賞は、基本的には一首につき見開き二ページ内に収めたが、問題が豊富な歌の場合には、四ページを費やした。

酒の歌

01

作者未詳

酒を飲《たう》べて飲《た》べ酔《ゑ》うて　たふとこりぞ参《ま》で来《く》ぞ　よろぼひぞ参《ま》で来る　参《ま》で来る参《ま》で来る

【出典】催馬楽《さいばら》「酒を飲《たう》べて」

酒を飲んで、飲んで酔っぱらって、ああしてよろよろしたり転んだりして、こっちへ来るぞ、あれこっちへ来るぞ、こっちへ来るぞ。

【詞書】酒を飲《たう》べて。

【語釈】○飲べて―「飲《た》ぶ」「飲《た》うぶ」は、飲食することを「食《た》ぶ」といったことから出た語。○たふとこりぞ―よろよろしたり転んだりする擬態語とされる。○

【閲歴】作者未詳。催馬楽は七世紀頃から行われていた風俗歌《ふぞくか》（古代民謡）を雅楽の曲調に合わせて編曲したもの。平安時代、醍醐《だいご》天皇の延喜《えんぎ》年間に新旧の催馬楽が整備されたとみられており、現在確かな曲としては六十一編ほどが残る。この「酒を飲べて」は、唐楽の胡徳楽《ことくらく》という曲を編曲したものという（二十巻本和名類聚抄《わみょうるいじゅしょう》）。

酒宴開始の挨拶はくだけたものがいい。本書のかわきりもこの素朴な歌から始めよう。素朴なのは所作舞《しょさまい》を伴う歌詞だったからであろう。

向こうの方から見知った顔がやって来る。あれ、ふらふらと右に左に傾いて今にも転げそうだ。酒に酔っているな、あれあんなに酔っている。でも来るぞ来るぞ、こっちへ来るぞ、といったところか。単純だが、酔者《えいじゃ》の生態を

端的に捉えた歌だ。江戸時代後期の*四方赤良《よものあから》（大田南畝《おおたなんぽ》）の狂歌に、

　*生酔《なまゑひ》の礼者《れいしや》を見れば大道《だいどう》を横すぢかひに春は来にけり

というよく知られた歌があるが、その一千年近くも前に、早くも同じような酔態《すいたい》を歌にしているとは、とついにんまりしたくなる。

　人類が発見ないし発明したものといえば、言語、音楽、絵画、イデー、法、天文、数字、火、紙など多々あるが、酒もその欠かせぬ一つであることは間違いない。*初めて飲んだビールで極楽往生した漱石の「猫」はさておき、人間にとって、酒は単なる嗜好品《しこうひん》という域を越え、永久に手放すことができない悪魔的愛飲の対象であると言うことができる。もっとも酒は、人類を発展させるどころか、仏教の*五戒にいち早く不飲酒戒《ふおんじゅかい》が設けられたように、人類の喉仏《のどぼとけ》に永遠に突き刺さった小骨という方が適切かもしれないが。

　物語や小説では、登場人物が酔態《すいたい》をさらすシーンが数限りなく描かれるのに対し、酒をテーマにした詩歌は意外と少ない。酒には詩美がないとか、酔うという行為自体が正常から逸脱しているからと言ってしまえばそれまでだが、ともあれこの素朴な歌を手始めに、以下、わが国の酒人《さけびと》たちがうたった酒の歌を垣間《かいま》見ていこう。

よろぼふ―よろよろする。

*四方赤良―天明調狂歌の第一人者大田南畝の狂歌師名。蜀山人ともいう。23を参照。

*生酔の礼者を見れば…―「狂歌才蔵集」所収。新年の年始参りの祝酒に酔った客の千鳥足の歩みを、春の来訪に見立てた歌。

*初めて飲んだビールで…―ビールでも飲んでちと景気を付けてやらう。…吾輩は大きな甕の中に落ちて居る。…吾輩は死ぬ。死んで此太平を得る。太平は死なければ得られぬ。南無阿弥陀仏南無阿弥陀仏。難有《ありがた》い難有《ありがた》い。（吾輩は猫である・下十一末尾）

*五戒―仏教における五つの戒め。不殺生戒・不偸盗戒・不邪淫戒・不妄語戒・不飲酒戒の五つ。

02

常陸国人某《ひたちのくにびとぼう》

新栄《あらさか》の神の御酒《みさけ》を飲《た》げと言ひけばかもよわが酔《ゑ》ひにけむ

【出典】「常陸国《ひたちのくに》風土記」香島郡

新酒《にいざけ》のめでたい御神酒《おみき》をやたら飲め飲めと勧められたから
ですかねえ、私もめっぽう酔っぱらっちゃいました。

【閲歴】作者は、詞書にある常陸鹿島神宮の神職の一人とも解せるが、乱舞した会衆の一人とするのが現実性があるか。

古代の歌謡からもう一首。詞書によれば、常陸の*鹿島《かしま》神宮では毎年四月十日に卜氏《うらべうぢ》の神官が主催する例大祭が行われ、出来たての御神酒《おみき》が神に捧げられた後、神職一同や会衆に下げられて大盤ぶる舞いとなった。いわゆる直会《なおらい》である。ご多分にもれず飲めや歌えの会となり、中の一人が舞って感謝の歌を捧げたという図。

この歌には、直会の行事、「新栄《あらさか》」の予祝、御神酒《おみき》を賜ったことを謝する答歌、神を喜ばす歌舞といった古代儀礼の要素に満ちているが、そういう要

【詞書】また年ごとに四月十日、祭を設け酒を灌《そそ》ぐ。卜《うらべ》氏《うぢ》の種族《やから》、男女集会《つど》ひ、日を積み夜を累《かさ》ねて飲楽《うら》げ歌ひ舞ふ。その唱《うた》にいはく。

【語釈】○新栄―「いやさか」という唱え言葉と同じ「さか」で、「盛ん」の「盛」に通じる。○飲げ―01で触れたように、古くは飲食す

素を外してみれば、要するにこれも、今でいう「酔っぱらっちゃった」という座笑《ざしょう》の歌とみてよい。やたら皆にお酌《しゃく》されたからなア、などと人のせいにしているのはよくあるシーンだ。おおかた自分で手酌《てじゃく》してどんどん飲んだというのが実際であろう。

日本人の酒好みは、三世紀前半の日本を描いた『*魏志東夷伝《ぎしとういでん》』の一節に「人性酒を嗜《たしな》む」とあるから、古くからのものだった。酒を造ることを「醸《かも》す」というが、『播磨《はりま》国風土記』の宍禾《しさわ》郡庭音村《にわとのむら》の話に、ある神社の大神の米飯が涸れてカビ、すなわち麹《こうじ》が生じたので、「すなわち酒を醸《か》もさしめ」と見え、麹を表す「カミダチ」「カモダチ」が「カムチ」と訛《なま》って「カモス」と動詞化したものという。その醸された酒が強い酩酊《めいてい》をもたらすことはすでに神話の時代から自明であった。『古事記』上巻の須佐之男命《すさのおのみこと》の八股大蛇《やまたのおろち》退治譚に見える八箇の酒甕《さかがめ》に八塩折《やしおおり》の酒を入れて大蛇に飲ませた「八塩折」の酒とは、穀類の酒を何度も醸した濃い酒のこと。またその前にある天照大神《あまてらすおおみかみ》と須佐之男命の誓約《うけい》の段には「屎《くそ》なすは酔ひて吐き散らすとこそ」と、すでに反吐《へど》のことが記されているのも忘れるわけにはいかない。神聖なる酒はその裏に悪魔の舌を覗かせる両刃《もろは》の剣に他ならなかった。

ることを「食《た》ぶ」とも言った。「飲《た》ぐ」はその方言か。なおここを「飲げ飲げ」とすれば和歌形式になるので、本は「飲げ飲げ」であったとする説もある。○言ひけばかもよ―言ったからであろうかというほどの意。

*鹿島神宮―現茨城県鹿島市にある常陸国一の宮。祭神は建御雷神《たけみかづちのかみ》。出雲の国譲りに功があり、武人の神として尊崇された。

*魏志東夷伝―西晋の陳受が編した魏・呉・蜀三国の正史三国志のうちの「魏書」巻三〇に「東夷伝倭」（通称魏志倭人伝）が載る。

03

この御酒《みき》はわが御酒《みき》ならず　日本《やまと》なす大物主《おほものぬし》の醸《か》みし御酒《みき》　いく久《ひさ》いく久《ひさ》

高橋邑《むら》の人活日《いくひ》

【出典】「日本書紀」崇神紀八年四月条

この御神酒《ごしんしゅ》は私が造ったお神酒《みき》ではありません。この日本をお固めになった大物主の神がお醸《かも》しになった御酒《みき》でございます。帝の世がいく久しく栄えますように。

【閲歴】高橋村は三輪山《みわやま》の北布留《ふる》の地の近境現櫟木《くぬぎ》町辺り。『万葉集』巻十二・二九九七に「布留の高橋」とうたわれている。活日は高橋神社の祭主か。出典の詞書によれば、崇神天皇によって三輪神の神酒を醸造する「掌酒《さかびと》」の役を命じられた。

詞書によれば、崇神《すじん》天皇によって三輪神の酒司《さけづかさ》に命じられた高橋村の人活《いく》日が、三輪の神大物主《おおものぬし》を祀る祭儀に自らが醸造した新酒を捧げ、あわせて天皇の御代の永遠なることを祈念して奏上した歌。

実はこれと同工の歌が、『古事記』中巻・神功《じんぐう》皇后の段にも見える。

*この御酒《みき》はわが御酒《みき》ならず　酒《くし》の司常世《かみとこよ》にいます　石《いは》立たす*少名《すくな》御神《みかみ》の神

【詞書】省略。本文参照。

【語釈】○御酒―大三輪明神に捧げる神酒。○大物主―三輪の祭神大物主の神。

*この御酒はわが御酒ならず……―日本書紀・神功摂政紀十三年に載る。この御酒は

寿《ほ》き寿《ほ》き狂ほし　豊寿《とよほ》き寿き廻《もと》ほし　献《まつ》り来《こ》し御酒《みき》ぞ　残《あ》さず飲《を》せ　ささ

という歌で、応神天皇の大和還幸《かんこう》の際に天皇の母神功《じんぐう》皇后が醸造して天皇への「待酒《まちざけ》*」としてうたったとされるもの。従って掲出した活日の歌は、伝襲された儀式歌として代々の神主たちに祝詞《のりと》としてうたわれた定型歌と言っていい。「少名御神」を「大物主」に替えてうたうのも不思議ではなく、おそらく高橋の活日《いくひ》は三輪に繋がる高橋神社の神主として、彼の許に伝襲されていたこの歌を得々《とくとく》として詠み上げたものと思われる。

皇后の歌にある「少名御神」（少彦名《すくなひこな》）も三輪の祭神で、酒の神でもあった。後世、三輪神社が三大酒神*の一として祀られたのも、「味酒《うまさけ》」が三輪の枕詞*となったのも、神酒《みき》がまた「みわ」*と読まれたのも、酒神を祀った大三輪神社をもともと「大神《みわ》神社」と記したことに由来するのであろう。

古代では、酒は聖なる神授の被物《かずけもの》として崇められていた。大御酒《おおみき》は神ないし天皇に奉る至上の献納物として尊崇され、民間での乱れがましい飲食癖は、その酒を冒瀆《ぼうとく》する不遜《ふそん》な行為とみなされていたと思われる。先の01、02の二歌が、聖なる酒に対する人間の側の反応であったとすれば、この歌は、それ以前の古代人の酒に対する神話的尊崇の念をよく伝えている。

私が醸《かも》して造った酒ではありません。酒の統率者で今は常世《とこよ》においでの永遠の霊力をお持ちの少彦名の神が、神の身ながら踊り廻って豊かに醸されて進呈下さった御酒です。残さずお乾しなされ。ますます栄えなされ。

*少名御神―少彦名の神に同じ。常世から渡来し、病気と災害除去および酒の神となった。

*待酒―待ち人のために造る酒。次項04参照。

*三大酒神―三輪神社・京都松尾神社・同梅宮神社。

*三輪の枕詞―「味酒《うまさけ》三輪の山あをによし奈良の山の…」（万葉集・巻一・一七・額田王）など。

*みわ―万葉集・巻二・二〇二「泣沢《なきさわ》の神社《もり》に神酒《みわ》すゑ祈れどもわご大君は高日しらしぬ」。

04

味飯《うまいひ》を水に醸《か》みなしわが待ちし代《かひ》は実《さね》なし直《ただ》にしあらねば

一娘子《いちをとめ》

【出典】「万葉集」巻十六・三八一〇

おいしい御飯《ごはん》を水と一緒に醸《かも》し、せっせと酒を造ってあなたの帰りを待っていたというのに、あなた自身が直接来ないというんじゃあ、その甲斐《かい》は何もなかったのね。

【閲歴】左注によれば、作者は一娘子《おとめ》。出て行った夫をせっせと酒を造って待っていたというのに、夫が他に女を作って、土産物だけを届けてきたという。

【左注】右は伝へていはく「昔娘子《をとめ》ありき。その夫《せ》に相別れ、望み恋ひて年を経たり。その時に夫の君、更に他妻《あだしつま》を娶《と》りて、正身《ただみ》は来らずして、ただに裏物《つと》のみを贈れり。これに因りて娘子、こ

前歌では神に捧げる聖なる神酒《みき》がうたわれていたが、民間でももちろん酒は盛んに作られていたはずである。表面的には前夫の裏切りをうたったに過ぎないこの歌は、公的な酒の醸造とは別に、民間でも酒造りが盛んに行われていたという事実をストレートに教えてくれる。

女は夫の帰りを「味飯《うまいひ》を水に醸《か》みなし」て待っていたというが、これは前

項にもみた「待酒《まちざけ》」に当たるのだろう。いずれにせよ、女は帰って来るはずの夫のために、せっせと酒を造って待っていた。女は男の好物《こうぶつ》が何であるか、分り過ぎるくらいはっきりと解っていたのだ。しかしあろうことか、夫は他に女を作って、直接姿を見せず、ただ土産品《みやげひん》だけを届けてきたという。愛する者のためにひたすら酒を醸造して待ち受けてきた愛は、そんな土産品一つで済まされるものではなかった。それゆえにこそ逆に、男に対する女の恨みは大きかったと考えられる。この女性の恨みは、酒を造るということが民間でもいかに大事な行為であったかをおのずから語っている。それはつまり、当時の男たちにとって、酒が何よりの馳走《ちそう》であり好物《こうぶつ》であったということを逆に教えてもいるのだ。

律令制定後、朝廷は*酒司《さけづかさ》を設けて官営の醸造所を作ったが、それはいきおい官製の酒と非官製の酒との区別を発生させよう。この時女が造った酒は、おそらく密造酒的なものだった可能性がある。だからこそ彼女は、男を喜ばせる酒を、人に隠れて必死に造っていたのだ。

いつの世にも、底辺にある者は自分たち用の酒を密かに造り続けた。このことは、つい最近までの日本の民間史が雄弁に物語っている事実でもある。

の恨みの歌を作りて還《かへ》し酬《こた》へき」といへり。

【語釈】○醸む―前項で述べた酒を「醸す」こと。醸造すること。○実なし―代償がない。無駄である。「実」は物の核心。「実なし」は実りがないことをいう。○直にしあらねば―直接来ないというのでは。

＊酒司―律令制で宮内省内に置かれ、酒や酢などの醸造に司った造酒司。後宮に置かれた女官たちの酒司も含めていう。

05

山上憶良《やまのうへのおくら》

風雑《まじ》り雨降る夜《よる》の　雨雑《まじ》り雪降る夜は　術《すべ》もなく寒くしあれば　堅塩《かたしほ》を取りつつしろひ　糟湯酒《かすゆざけ》うち啜《すす》ろひて　咳《しはぶ》かひ鼻びしびしに　しかとあらぬ鬚《ひげ》かき撫でて　我を措《お》きて人はあらじと　……

【出典】「万葉集」巻五・八九二・貧窮問答の歌冒頭

（貧士）風まじりの冷たい雨が降り、霙《みぞれ》まじりの雪が降る冬の夜は、どうしようもなく寒くて堪《たま》らないので、塩の固まりを少しずつ欠《か》いて嘗《な》め、酒糟《さけかす》を湯でといては飲み、ゴホゴホ咳《せき》をしては垂れる鼻水をすすり、貧相な髭《ひげ》を撫でては、この世に俺様ぐらい偉い奴はいないと……。

【閲歴】生没年未詳、七世紀後半から八世紀前半の官人。医者であった父は百済からの亡命帰化人であったとする説がある。大宝二年（七〇二）遣唐使粟田真人《まひと》に従い下級書記官として渡唐。帰国後、伯耆守《ほうきのかみ》、東宮侍講を経て、神亀《じんき》三年（七二六）筑前守として赴任、当時大宰帥《だざいのそち》であった大伴旅人と親交し筑紫文化圏を形勢した。『万葉集』に六十数首の和歌の他、漢詩、漢文を残した。大陸風の詩藻を有する特異な詩歌人として異色の形跡を示した。

万葉歌人山上憶良の代表作の一つとして知られる「*貧窮《びんぐう》問答の歌」から、「糟湯酒《かすゆざけ》」の例を一つ。「貧窮問答の歌」は、下級官吏でうだつのあがらぬ一貧士《ひんし》と、さらにそれより下のどん底生活にあえいでいる農民クラスの一窮士《きゅうし》が、お互いの窮乏生活を歎きあうという問答体の長歌で、その全体に関しては、本歌人選シリーズ『山上憶良』で、辰巳《たつみ》正明氏による周到な解説が付されているので、全体の読解はそちらに譲り、ここでは、「糟湯酒」の語が出る出だし部分だけを引用する。

「糟湯酒」とは、酒博士として知られる坂口謹一郎《きんいちろう》氏の『日本の酒』*によれば、笊《ざる》か布で漉《こ》した酒の糟《かす》を貰ってきて、それを湯でといて飲んだものという。後世までずっと続いていて、氏は、江戸時代前期の伊丹《いたみ》の俳人*鬼貫《おにつら》の句に「賤《しづ》の女《め》や袋洗ひの水の汁《しる》」とあるのもその後代の類例とみて、「当時伊丹の酒屋で、酒造りのさかんな季節に、新酒をしぼった袋を洗う水を、近所の女房連が貰って帰って、亭主に飲ませる風習を詠んだもの」と解説しているが、万葉時代のこの糟湯酒も、酒の匂いがわずかに漂う程度のものだったに違いない。

つまり貧士が飲んでいた酒も、水のような薄酒だったということだ。それ

【詞書】貧窮問答の歌一首。

【語釈】○堅塩―粗製の黒塩の固まりか。○つつしる―少しずつ取って食べること。○咳かひ―咳をすること。○鼻びしびしに―鼻水をびしょびしょ垂らし。○我を措きて人はあらじと―自分以外にまともな人間はいないと。高潔さを気取る貧士の自慢。

＊貧窮問答の歌―最近では「ビングウ」と読む。辰巳氏によれば、儒教風な清貧高潔な生き方を標榜する貧士と、仏教の因果思想に基づいて現在の貧窮を歎く困窮者との間で交わされた貧窮概念をめぐる一種の思想詩と言う。

＊日本の酒―岩波文庫・平成十九年八月刊。坂口氏は東大出身の農芸化学者。発酵菌類、醸造など応用微生物学の権威。

でも酒の味はしたたには違いなく、清廉《せいれん》なやせ我慢を気取る貧士が、髭を掻きなでながらかつがつ飲む酒としてはこれがせいぜいなのかも知れない。貧乏官吏の身を歎くこの貧士の姿には、なにがしか作者である憶良の姿も投影されていようから、質実を尊ぶ憶良が普段飲んでいた酒も、あるいはこの種の薄い糟湯酒であったかも知れない。

　当時の上流人士が飲む酒、たとえば次に取りあげる大宰帥《だざいのそち》大伴旅人《たびと》がうたった有名な「讃酒歌《さんしゅか》十三首」に出てくるような酒は、もちろん酒糟から溶かしたような代物《しろもの》などではなく、酒糟を取り去ったもっと上質の上澄《うわず》みの酒であったか、あるいは濁り酒の類であったと思われる。「讃酒歌十三首」の第一首目と第八首目に二回「一杯《ひとつき》の濁れる酒」と出てくるところからすれば、素直に後者と考えて間違いあるまい。もっとも上代の歴史資料類にはすでに「澄酒《すみざけ》」「清酒《すみざけ》」といった語が出てくるから、旅人の時代にも清酒に近い酒があったことは確かであるが、おそらくその種の「澄酒」を飲んでいたのは造酒司を構える宮廷の奥まった人々に限られていたはずで、一般の貴族や庶民が家庭で飲む酒はほとんどがこの濁り酒であったと思われる。明治の藤村《とうそん》の長詩「*千曲川《ちくまがわ》旅情の歌」の最後に「濁り酒濁れる飲みて／草枕しばし慰む」

*鬼貫―江戸中期の俳人上島《うえじま》鬼貫（一六六一―一七三八）。伊丹の人。芭蕉を慕い、誹諧誠《まこと》の説を唱えた。

*千曲川旅情の歌―明治三十

とあるその「濁り酒濁れる」酒である。

濁り酒とはまだ精製されていないいわゆるドブロクの異称だと考えればいい。もろみ分を十分に漉《こ》していない白濁《はくだく》した酒で、漢語の「＊濁酒《だくしゅ》」を訓読したもの。もともと中国の酒仙たちが飲んでいた酒もほとんどがこの「濁酒」だったから、その中国の詩人を気取る旅人にとっても、否応《いやおう》はなかった。

いずれにせよ、貧士が飲む酒は、その濁り酒にも到底及ばない「糟湯酒」であった。そこに貧富の差というもう一つの現実が浮かび上がってくる。歌本文はこの後、「（人はあらじと）誇ろへど、寒くしあれば、麻衾《あさぶすま》引き被《かぶ》り、布肩衣《ぬのかたぎぬ》ありのことごと、服襲《きそ》へども」と続き、そうした「寒き夜すらを、我よりも貧しき人の、父母《ちちはは》は飢ゑ寒からむ、妻子《めこ》どもは乞ふ乞ふ泣くらむ、この時はいかにしつつか汝《な》が世は渡る」という問が発せられ、この問に答える窮者の、さらに苛酷悲惨な生活が縷々《るる》述べられていく。そこにはもう「糟湯酒」はおろか「酒」にまつわる一片の語も出てこないのである。それを思えば、貧士の暮しは、糟湯酒があるだけまだましと言わなければならないだろう。「貧窮問答の歌」は、酒という小さな一点からしても、当時の現実を鋭くえぐり出した諷諫《ふうかん》の詩だと言うことができる。

三年四月の創刊号『明星』初出のタイトルは「旅情」、三十四年刊の『落梅集』では「小諸なる古城のほとり」、昭和二年岩波書店刊の『藤村詩抄』で「千曲川旅情のうた」という詩と合されて「千曲川旅情の歌一」と改変された。

＊濁酒―たとえば東晋の陶淵明の詩「己酉歳九月七日」に「濁酒しばらく自ら陶《たの》しむ」、唐の杜甫の詩「登高」に「到新に停む濁酒の杯」などとある。

06

験《しるし》なき物を思はずは一坏《ひとつき》の濁れる酒を飲むべくあるらし

大伴旅人《おおとものたびと》

【出典】「万葉集」巻三・三三八・讃酒歌《さんしゅか》十三首中の第一首

いくら考えこんだって実りがないこんな物思いなどしていないで、さっさと一杯の酒を飲む時だな。

【閲歴】天智四年（六六五）、軍閥大伴安麻呂の長男として生れる。大伴一族の後継に立ち、左将軍、中務卿《なかつかさ》、征隼人《せいはやと》大将軍等を経て、神亀《じんき》五年（七二八）に大宰帥《だざいのそち》として赴任。天平二年（七三〇）に帰京したが、翌三年七月に従二位大納言で六十七歳で薨じた。晩年太宰府在住時に、筑紫守憶良や笠朝臣麻呂（満誓《まんぜい》）、小野老《おゆ》らと親交した他、大陸風の風雅に遊楽する筑紫文化圏を主導し、自身、中国の神仙作品や老荘的思想に通じた漢詩的発想に基づく新たな作風を展開した。『万葉集』に晩年六十歳以後の歌約七十首を残している。家持《やかもち》はその長男である。

酒を愛した古人《こじん》といえば、本場中国はさておき、日本ではまづ一番にこの大伴旅人に行き当たる。『万葉集』を読んだ人、あるいは多少とも酒に興味がある人なら誰もが知っている常識であろう。日本で初めて登場した酒の歌人と言ってよく、二十世紀に生きた石川啄木《たくぼく》も、*「年若き今の世の我も古への老いし旅人《たびと》も讃《たた》ふるは酒」と詠んでこの老酒仙を恋い慕った。

【詞書】大宰帥大伴卿讃酒歌十三首。

【語釈】○験なき―実りもない、思っても甲斐がない。○思はずは―思わないで、思わずに。

*年若き今の世の我も…―啄

大宰帥《だざいのそち》旅人が残した酒の歌は、『万葉集』巻三の中ほどに、連作風の「讃酒歌十三首」として掲載されている。旅人自身がそう命名したのか、後に息子の家持《やかもち》が集成してそう名づけたのかは不明だが、いずれにせよ八世紀初頭という時代に、*日本でもこれだけのまとまった酒の歌が残されたことは、酒好きの人間としては珍重おくあたわざることだ。以下、「讃酒歌」十三首を三回に分けてみていくが、まず冒頭にくるのが右に掲げた一首。

「濁れる酒」については前項05を参照。今でいう澄んだ清酒《せいしゅ》は室町期以降になって次第に普及したもので、それ以前の酒はほとんどが麹糟《こうじかす》を取り去っただけの白濁したこの濁り酒だった。民間では蒸した米飯《べいはん》に湯を入れて口で噛んだ物を貯めて発酵させた酒か糟湯酒《かすゆざけ》が飲まれていたようだが、旅人の飲む酒は、同じ濁り酒でも、もちろんある程度酒糟を漉《こ》した舌触りのいい上質の酒であったに違いない。

さて旅人は、不毛な悩み事をいつまでも考えるのを止めて、もう酒でも飲もうという。この「……ずは…あるらし」という構文は、……よりは…する方がましだというふうに*比較の問題として解されることが多いが、「…ずは」は本来、*……していないでというのが原義であって、「ずは」の上にある現

木が二十三歳の明治四十一年八月二十九日、鷗外の観潮楼で行われた「徹夜百首会」で詠んだ歌。

*日本でもこれだけのまとまった酒の歌が―酒の本場である中国では早く竹林の七賢の一人晋の劉伯倫《りゅうはくりん》が「酒徳頌」を著し（文選）、唐の李白や杜甫、陶淵明らが多くの酒の詩を残した他、白楽天も「酒功讃」を作っている（和漢朗詠集・下・酒）。旅人がこれらに触発された可能性は高い。

*比較の問題として解される―「効果のない物思いをするよりは、一杯の濁り酒を

状にさんざん苦しんでいるという状態を受け、いっそ……でもしたい、……にでもなりたいという窮余《きゆうよ》の選択を示す表現である。結果として比較の問題に帰すとしても、酒の方がいいという単純な比較ではない。旅人は、いろいろと考えることがあってさんざん悩んでいるのだが、最後にはそんな不毛の悩みを中断して、酒の一杯でも飲んでさっさと寝てしまおうというのである。実際、この気持は分らぬでもない

酒は憂いを晴らすというのは、酒飲みなら誰でも口にする台詞《せりふ》であるが、実際は、酒が好きだから酒に走るというのが本当のところであろう。旅人も酒には目がない一人には違いないが、彼の名誉のために言えば、最初から酒の方がましと思っていたわけではあるまい。

歌の最後を「あるらし」で終える構文は、この「讃酒歌」の三、四、五と十首目にも見える。

*古《いにしへ》の七《なな》の賢《さか》しき人どもも欲《ほ》りせしものは酒にしあるらし
*賢《さか》しみと物いふよりは酒飲みて酔泣《ゑひなき》するしまさりたるらし
*言はむ為便《すべ》せむ為便《すべ》知らず極まりて貴きものは酒にしあるらし
*世の中の遊《みや》びの道にすすしくは酔泣《ゑひなき》するにあるべくあるらし

飲むのがよいだろう」（中嶋真也「大伴旅人」コレクション日本歌人選）など。

*……していないでというのが原義であって―たとえば磐《いわの》姫皇后作とされる伝承歌「かくばかり恋ひつつあらずは高山の磐根《いはね》し枕《ま》きて死なましものを」（万葉集・巻二・八六）は、こうして何時までも恋しがって泣いていないで、いっそ高山の岩を枕にして死んでしまいたいという意味。

*古の七の賢しき人どもも…―巻三・三四〇。俗事を嫌って山林に隠栖した中国の竹林の七賢人も酒を愛したと聞く。七賢は、魏晋《ぎしん》時代の阮籍《げんせき》・嵆康《けいこう》・山濤《さんとう》・劉伶《りゆうれい》・阮咸《げんかん》・向秀《こうしゆう》・王戎《おうじゆう》の七人。酒を好み、清談に耽った。

*賢しみと物いふよりは…―巻三・三四一。賢ぶって何かを言い張っているより

最初の「古の七の賢しき人」は、中国の晋《しん》の時代に俗塵《ぞくじん》を嫌って山林に住み、酒と清談に耽ったという有名な竹林《ちくりん》の七賢《しちけん》のこと。彼らも酒を愛していたではないかと、自身の酒好きを弁護した歌だ。

後の三首の解釈は下注を参照されたいが、この三首は、いずれも下句《しものく》よりも上句《かみのく》の方——「賢しみと物いふ」こと、「言はむ為便《すべ》せむ為便《すべ》知らぬ」こと、「世の中の遊びの道にすすしく」あることに旅人の当面する課題が実直に示されている点で共通するように見受けられる。

旅人は酒の効能について、もっと断定的に言挙《ことあ》げすることも出来たはずである。しかし、「あるらし」などと、どれも遠慮深い言い方をしていることからすると、旅人の心中の思いはかなり複雑であったに違いない。彼は上位にある為政者《いせいしゃ》として、酒の罪も十分に弁えていたに違いなく、そうした上でのよんどころない選択の結果という感じがする。そういう点ではこの「賢しみと物いふよりも」以下の三首も、掲出した「験なき物を」の一首と隣り合せの位地にあるとみることもできる。しかし旅人はなお、酒に魅せられてやまぬ自らをうたわずにはおられぬ人間だった。

は、酒でも飲んで酔泣きをしていている方がましなようだ。

＊言はむ為便せむ為便知らず……——巻三・三四二。物の言いようもなく、どう為《な》しようもないこの現実を越えて尊く感じられる物こそ、酒であろうか。酒をストレートに讃えたものではなく、酒も現実には言わん術もなくなす術があるものではないが、という含みがある。

＊世の中の遊びの道にすすしくは……——巻三・三四七。「すすし」は勢いが進むこと。この現実世界で雅《みやび》の道を押し立てて生きるよりは、むしろ酒でも飲んで酔泣きをしていた方がまだ罪があるまいに。旅人自身「世の中の遊びの道」を推進している身であるが、それにもある空しさを覚えている故のつぶやき。

07

なかなかに人とあらずは酒壺《さかつぼ》に成りにてしかも酒に染《し》みなむ

同

【出典】「万葉集」巻三・三四三・讃酒歌十三首中の第六首

なまじっかこの煩わしい世間に人として生きてなどいないで、いっそ酒壺になって生まれたいものよ。いつも酒にしみていられようように。

この歌も前歌と同じ「……ずは……」という構文を取る。それにしても、「酒壺になりたい」などと、とんでもないことを言ったものだ。江戸時代の戯作者あたりだったら肯《うべな》うこともできるが、大伴一族の総帥《そうすい》ともあろう人が、まさか本気でこんなことを夢想したのではあるまい。

旅人にこう言わしめたのは、*呉《ご》の鄭泉《ていせん》という大酒飲みが臨終に際して息子に「わが屍《しかばね》は竈《かまど》の横に埋めよ。数百年後土に化しても酒甕《さかがめ》に作られるからな」と遺言した逸話に基づくとされるが、といって、これこそ酒飲みの究極の願

【詞書】大宰帥大伴卿讃酒歌十三首。（第六首目）

【語釈】○なかなかに―なまじっか…するよりも、かえって…の方がましだというニュアンスを表す。○酒に染みなむ―完了の「ぬ」に意志の「む」を重ねた強い願望を示す。

＊呉の鄭泉という大酒飲みが

望だなどと持ち上げたりしたらお目出たいことになる。

それというのも、これは『万葉集』にいくつも見える「……していずに……になりたい」という類歌《るいか》とみなせるからである。

*後《おく》れゐて恋ひつつあらずは紀伊《き》の国に妹背《いもせ》の山にあらましものを

*かくばかり恋ひつつあらずは石木《いはき》にもならましものを物思はずて

*かくばかり恋ひつつあらずは朝に日《け》に妹《いも》が踏むらむ地《つち》にあらましを

*外《よそ》にゐて恋ひつつあらずは君が家の池に住むといふ鴨《かも》にあらましを

前項の脚注に引いた磐姫《いわのひめ》皇后の歌もそうだった。これらの歌は、あなたが今いる紀伊国の妹背山《いもせやま》になりたい、物思はぬ石木になりたい、あなたが足を踏む大地でありたい、あなたの家にいる鴨になりたいなど、いずれも下句に実現不可能な願いを置いている点で共通する。旅人はこうした類歌を借りて、恋歌ならぬ酒の歌に転用したのである。近親である家持や坂上郎女がうたっていることも、そうみなせる根拠になる。

しかしこれはあくまで外的な誘因にすぎない。旅人をしてこうまで言わしめた内的な要因があるとすれば、やはりそれは、旅人が抱えていた人間としての生の苦悩というものだったに違いない。しかしそれをそのままうたうの

……―六朝末の編者不詳の類書「琱玉集《ちょうぎょくしゅう》」巻十四・嗜酒篇にのる。

*後れゐて恋ひつつあらずは……―巻四・五四四・笠金村。

*かくばかり恋ひつつあらずは石木にも……―巻四・七二二・家持。

*かくばかり恋ひつつあらずは朝に日に……―巻十一・二六九三・作者未詳。

*外にゐて恋ひつつあらずは……―巻四・七二六・大伴坂上郎女。坂上郎女には他にも「かくばかり恋ひつつあらずは真澄鏡見ぬ日時なくあらましものを」（巻十九・四二二一）という類歌もある。

は愚の骨頂である。これは、すでに表現というものの機微を十分に心得ていた旅人が、現実の厳しさからちょっと身をかわして、歌という言葉の世界に自己を解放させるための一時《いっとき》の廻り道に他ならないのだ。

「讃酒歌」には、この偶感をさらに強調した歌もある。

　*この世にし楽しくあらば来む生《よ》には虫に鳥にも我はなりなむ

この世さえ楽しく過ごせるのなら、来世《らいせ》で虫でも鳥でも何にでもなろうという意味の歌。酒という語こそないが、この世を楽しく過ごすための手段が酒であることは言うまでもあるまい。さらに旅人は、

　*生ける者つひにも死ぬる物にあればこの世なる間《ま》は楽しくをあらな

と続ける。この「楽しくをあらな」という意も前歌と同様である。

ただここに至って、「来世では」とか「どうせ死ぬのだから」などという、捨鉢《すてばち》めいた口吻《こうふん》が顔を出し始めたところに、酒飲みの愚痴めいた口吻《こうふん》を感じ取ってもおかしくない。世間によく見かける酔態《すいたい》からすれば、酔って箍《たが》がゆるんできて、そろそろ泣き言《ごと》が始まり、「酒壺にでもなりたいよ」という愚痴から「酒さえ飲めるなら虫にでも何でもなってやる」といった放言の域に入ったという感じである。旅人の苦悶が何なのか具体的には不明であるとし

*この世にし……――巻三・三四八。「来む生」は来世。仏教の転生思想による。

*生ける者つひにも死ぬる……――同・三四九。生きていたって人間はついには死ぬと決まっているのだから、生きている間ぐらいせめて酒でも飲んで楽しく生きようではないか。古代語の「楽し」という語は、もっぱら酒に集中して表れるという説がある（佐竹昭広「古語雑談」平凡社ライブラリー）。

ても、酔いに任せた絶望が次第に肥大して、そのあげくに幻想世界がついに来世という次元にまで極大化したという感じがする。

実をいえば、この歌の二首と三首前にも、次のような歌が並んでいる。

*価《あたひ》なき宝といふとも一坏《ひとつき》の濁れる酒にあに益《ま》さめやも

*夜光る珠《たま》といふとも酒飲みて情《こころ》をやるにあに若《し》かめやも

値段など付けられない最高の宝物だって、このたった一杯の酒に代えられるものか。あの有名な夜光珠《やこうじゅ》を見ていたって、酒を飲んで心を慰められる有難さに勝るものか、というのである。こういう功利的なことを言い出すところを見ると、旅人の口調もずいぶん乱暴になっていて、この「讃酒歌」を作っている旅人自身が、だんだんと酩酊《めいてい》状態へと近づいて気が大きくなっているのではないかと見えてくる。

しかし、「いっそ酒壺にでもなりたい」とか「虫や鳥にでも何にでもなってやる」とかいう捨鉢《すてばち》めいた言い方の裏には、単なる酔った挙句の世迷い言《ごと》とも思えぬ沈鬱な暗さが流れているような気がしないではない。酒壺になりたいとうたう掲出歌の背後にも、この世は苦しみの坩堝《るつぼ》だという旅人の苦《にが》い認識が隠されているとみるのは、欲目《よくめ》であろうか。

*価なき宝といふとも……巻三・三四五。「価なき宝」とは「無価の宝珠」の和訓。「あに益さめやも」は、なんで勝ることがあろうか。「あに」は反語を導く副詞。

*夜光る珠といふとも……巻三・三四六。「夜光る珠」とは、楚の随侯が蛇から得たとされる暗夜でも光る珠（戦国策など）。文選・西都賦などにも見えるが、旅人は盛唐の詩人王翰《おうかん》の詩「涼州詞」にのる「葡萄ノ酒、夜光ノ杯」を意識していたか。「情をやる」は、心の鬱屈を晴らすこと。

08

同

あな醜賢《みにくさか》しらをすと酒《さけ》飲まぬ人をよく見れば猿《さる》にかも似る

【出典】「万葉集」巻三・三四四・讃酒歌十三首中の第七首

ああ醜い顔だ。酒を飲んで賢臣ぶっている奴の気は知れぬと、酒も飲まずに我慢している人間の顔をみると、そっちこそ猿に似ているのではないかね。

【詞書】大宰帥大伴卿讃酒歌十三首。（第七首目）

【語釈】○猿―万葉集の中で「猿」という語が出るのはこの一首のみ。

酒宴の席で酒飲みを馬鹿にして畏《かしこ》まっている人間を揶揄《やゆ》した歌だ。下戸《げこ》だから飲まないのではなく、君子を気取って終始ハメを外さず、しかめっ面をして坐っている堅物《かたぶつ》の客を見て、からかった歌である。

世故《せこ》にたけた磊落洒脱《らいらくしゃだつ》な人柄だったに違いない旅人にしては、そういう相手を「猿に似ている」とはよくも言ったものだ。しかし考えてみればおかしな言い方である。普通なら酒で顔を赤くし、歯ぐきを出して大笑いする酔漢《すいかん》の方が猿に似ている。それを逆にしたのは、旅人があえて、お前さんの方がよっぽど猿らしい顔をしているではないかと嘲《あざけ》ったのだとする見方や、真っ赤になった自分の顔を自嘲《じちょう》して相手に投影したとする説もあって、おそらくそう見た方がいいのだろう。「讃酒歌」の最後にもこれとほぼ同様の歌があって、やはり「酔泣きする」人間の方が人間らしいと言うからだ。

*黙然《もだ》をりて賢《さか》しらするは酒飲みて酔泣《ゑひなき》するになほ若《し》かずけり

しかしこの最後の歌は、先に見た四首目の「賢《さか》しみと物いふよりは酒飲みて酔泣《ゑひなき》するしまさりたるらし」という歌とほとんど同じである。「賢《さか》しみと物いふ」人間も「黙然《もだ》をりて賢《さか》しらする」人間も、ちょっと目には、右の掲出歌「賢《さか》しらをすと酒《さけ》飲まぬ人」と同様、相手のことを評した歌なのだろうが、そうであれば旅人は、同じことを三度も繰り返していて、いかにもしつこい。これらの歌も、「讃酒歌」第一首の歌が言うように、やはり「験《しるし》なき物を思」ってぐずぐず考え事などをせずに、酔泣きでもしていた方がよっぽどましだと、自分の姿を戯画的《ぎがてき》に述べたものと解するのが穏当であろう。

さて、残るところはあと一首。先に竹林の七賢を先達《せんだつ》として仰いだ三首目の歌をみたが、その一首前の歌でも、

*酒の名を聖《ひじり》と負《おほ》せし古《いにしへ》の大き聖《ひじり》の言《こと》のよろしさ

*黙然をりて賢しらするは…
—巻三・三五〇。沈黙を守って悧巧ぶっていることは、やっぱり酔っぱらって泣き言をいうのより劣っているのだよ。

*酒の名を聖と負せし古の…
—巻三・三三九。魏の徐邈《じょばく》という酒飲みが、禁酒令を犯して密かに濁酒を「賢

という、酒を聖賢に讃えた中国の一酒仙の例を挙げている。彼ら聖賢を指標に仰いでいることからすれば、旅人自身もまたそうした聖賢の一人たらんとしていたことは確かだ。中国の詩人たちには、酒と管絃と詩を三友と称した白楽天や陶淵明《とうえんめい》、李白《りはく》、杜甫《とほ》、といった*無類《むるい》の酒仙に事欠かず、旅人自身がその生き方を日本で実現しようとしたとしても不思議ではない。この「讃酒歌」十三首は、旅人自身が何かの宵に独酌をしながら、*劉伶の「酒徳頌《しゅとくしょう》」や*陶《とう》淵明《えんめい》の「飲酒」二十首、李白《りはく》の「*将進酒《しょうしんしゅ》」などのことが頭に浮かんできて、その向こうを張って日本の酒の歌を作ろうかと気負って書きだした連作ではなかったかとも考えたくなる。実際「讃酒歌」を残すに当っては、彼の中になにがしかのモチーフがあったはずなのだが、残念ながら今ではそれを突き止めることは出来ない。

以上で「讃酒歌」十三首をみた。前項の最後に、この十三首は後半に入るに従ってあたかも作者自身の酔いが進んでいるかのように、捨鉢や泣言に近い言辞が出てくると述べたが、この十三首の相互の間に繰り返しや統一性を欠いた主張があることを読み取って、全体を「*酔人の繰り言を仮構した作品」と見る説も出されている。

人」、清酒を「聖人」と呼んで酒を飲んだという故事(魏志徐邈《じょばく》伝)を踏まえ、徐邈《じょばく》らをあえて賢人と称えたもの。

*無類の酒仙に事欠かず―詩人の他にも、酒を「羽化登仙」の具として愛した道教の仙人たちの存在もあっただろう。

*劉伶の「酒徳頌」―七賢の一人晋の劉伶(字伯倫)が書いた酒の徳を讃えた書。

*陶淵明の「飲酒」二十首―帰田前後の閑居時代につづった偶感詩。「菊を採る東籬の下、悠然として南山を見る」の句を持つ「飲酒その五」が有名。

*将進酒―李白の楽府《がふ》詩の一「将ニ酒ヲ進メントス」。李白の知人岑夫子《しんふうし》と丹丘子《たんきゅうし》を送った時の長詩。「会《かなら》ズ須《すべから》ク一飲三百杯ナルベシ」といった途方もない句が見え

近来の万葉研究は、実情主義一辺倒に終始していた明治期以降の万葉解釈を大幅に修正し、万葉時代にはすでに儀礼歌や代作歌など、仮構性を駆使した高度な表現意識が確立していたとする見方が有力である。実際そうだと思うのだが、といってこの「讃酒歌」全体を仮構歌とみなしていいのかどうか。この「讃酒歌」には、我々もお馴染みの酒飲みの実態がいかにもそれらしく描かれていて、たとえ自嘲的であれ、旅人が間違いなく酒好きであったことを伝えていることも確かだ。そうみれば、右の「黙然《もだ》をりて賢しらするは酒飲みて酔泣するになほ若かずけり」の「なほ」という語が大きな意味を持ってこよう。この「なほ」という語には、いろいろ言ったきたが、やっぱり酒に若《し》くものはないな、という結論めいた吐息がが漂っている。

　自らも*酒の歌を多く残した酒博士坂口謹一郎氏のこの「讃酒歌」に対する感想は「古い時代のおおらかな*デカダンティスムがみなぎっているが、何となく新時代の感覚に通ずるものがある」（前掲書）というもの。「新時代の感覚」とは、最初に触れたように、明治の啄木《たくぼく》でさえ旅人の歌を懐かしく思い出すような感覚とでも言えばよいだろうか。旅人は、現代の酒飲みである我々にとっても、親しく思い出さずにはいられない近しい古人なのである。

る。

*酔人の繰り言を仮構した作品―鉄野昌弘氏「セミナー　万葉の歌人と作品　万葉秀歌抄」第四巻（和泉書院・平成十二年）。

*酒の歌を多く残した酒博士……坂口氏の歌集『愛酒楽酔』（昭六十三年）から一首を引く。
　障りなく水の如くに咽喉《のど》を越す酒にも似たるわが歌もがな。

*デカダンティスム―頽廃趣味。反俗的な姿勢に生きること。

09

官《つかさ》にも許し給へり今夜《こよひ》のみ飲まむ酒かも散りこすなゆめ

大伴一族某

【出典】「万葉集」巻八・一六五七

なに、お上《かみ》でもお許しが出ていることですから、今夜だけでも遠慮なく飲もうじゃありませんか。いつまた飲めるか分らない。梅よ、今日だけは決して散るなよ。

【閲歴】天平十年（七三八）の春、旅人の死より七年後、その妹大伴坂上郎女《おおともさかのうえのいらつめ》が私的に催した梅花の宴で、郎女がうたった歌に和した人。一族の男子であろう。【左注】参照。

旅人《たびと》の死後、その妹で、大伴一族の家刀自《いえとじ》として甥の家持《やかもち》らを指導し、大伴氏存続の重責をになった*大伴坂上郎女《いらつめ》は、天平十年の春、一族の者を梅花の宴に招待して、次の歌を詠んだ。

*酒杯《さかづき》に梅の花浮《う》け思ふどち飲みての後《のち》は散りぬともよし

皆さん、今日は久々に梅の花を浮かべて酒でも飲みましょう、と皆に勧めた。「梅の花浮け」は、盃に梅の花びらを浮かべてという意。掲出歌はそれ

【詞書】和《こた》ふる歌一首。

【左注】右は、酒は官の禁制していはく、京中の閭里《さと》に集宴《うたげ》することを得ざれ。但し親類《はらから》一二《ひとりふたり》の飲楽は聴許《ゆる》すといへり。これによりて和《こた》ふる人この発句を作れり。

【語釈】○散りこすな―「…こす」は動詞の連用形につ

に応えた歌であるが、左注に見える「官の禁制」（禁酒令）は天平九年（七三七）の五月に発布されているから、この宴はその翌年のことであった。

彼女はこの時、八年前の太宰府で、大宰帥《だざいのそち》であった兄の旅人《たびと》が三十数名の被官らを集めて張った*盛大な梅花の宴を思い出していたはずである。しかし郎女が開いたこの宴は、先の禁酒令の一条に「但し親類一二《はらからひとりふたり》の飲楽は聴許《ゆる》す」とあった範囲内の、身内だけの少数の宴たらざるを得なかった。一族を束ねる立場にあった郎女は、さすがに羽目を外せとまでは言えず、「梅の花浮け」と優雅にさし止めているのだが、それを聞いた客の方は黙っていない。いいじゃないですか、酒を飲めるのも今日だけかも知れない、とことんやりましょう、といったところか。ただし花が散らないうちに、と付けたのは、郎女への敬意であり自戒でもあろう。こんな一見優雅なやり取りの中にも、禁酒令に対する微妙な思惑が漂っていることが分る。

事実、天平期間にはかなり頻繁に*禁酒令が発令された。酒には何といっても日常の秩序を紊乱《ぶんらん》させる要素があり、度《たび》重なる酒の騒ぎに、為政者《いせいしゃ》側が業《ごう》をにやした結果であろうが、にも関わらず、酒の魅力にはどうしてもあがらえぬものがある。この宴会歌からもそうした機微の一端が十分に窺える。

いて、何々してほしいという意を表す助動詞。

*大伴坂上郎女―甥の家持と並び、大伴一族を代表する歌人。万葉集に女歌人としては最高の八十四首の歌を残す。

*酒杯に梅の花浮け…―万葉集・巻八・一六五六。結句は、宴の後なら散ってもいいから、という意味。

*盛大な梅花の宴―万葉集・巻五にこの時の歌が三十二首（八一五～四六）連続して載る。

*禁酒令が発令された―日本で初の禁酒令は、大化五年（六四九）三月に出された「薄葬の詔」とされている。この後、天平二年、四年、九年、十八年、天平勝宝一年、天平宝字二年、延暦九年、大同一年、昌泰三年と続いた。

10

居《を》り明かしも今夜《こよひ》は飲まむほととぎす明けむ朝《あした》は鳴き渡らむぞ

大伴家持《やかもち》

【出典】「万葉集」巻十八・四〇六八

ここに坐りこんで今晩は徹夜でもいいから飲み明かそうよ。今日は立夏《りつか》だし、夜が明ける頃には、ほととぎすが鳴き渡るに違いないから。

【閲歴】養老二年（七一八）大伴旅人の長男として生まれる。十代の前半、父に従って太宰府に過ごし、その没後、叔母坂上郎女の訓育を受け、二三十代にかけて多くの相聞歌を残す。藤氏に対立する橘諸兄《もろえ》の息奈良麻呂に接近し、天平十八年（七四六）、越中守として高岡に赴任。三十を越す長歌を残した。天平勝宝三年（七五一）、少納言に叙されて帰京。その後、奈良麻呂の乱や藤原宿奈麻呂の変などの危機を潜り抜けて大伴一族を支えた。中納言、持節征討将軍をへて、延暦四年（七八五）六十八歳で没す。『万葉集』に最多の四八〇首弱の歌を残し、また『万葉集』の編纂に多大の功をなした。

【詞書】（四首前の詞書）（天平二十年）四月一日に掾久米朝臣広縄の館にして宴せる歌四首。

【語釈】○居り明かしも―「居り」は坐りこむこと。○鳴き渡らむぞ―「ぞ」は文末

万葉後期の歌人の代表といえば、何といっても旅人の息子で『万葉集』の編纂に最大の功をなした大伴家持《やかもち》の名を逸するわけにはいかない。しかし家持の歌には残念ながらこれといった酒の歌がない。といって一挙に平安時代に跳ぶのも躊躇されるから、家持からあえて一首を取り上げよう。

彼には宴席*で詠んだ歌も結構あるから、酒が飲めなかったわけではなさそ

うだ。しかし父とは違って、家持が酒好きだったという証拠はない。歌中に酒の語が見える歌は、この一首くらいしかない。出だしで「居り明かしも今夜は飲まむ」などと威勢のいいことを言っているが、事実は、酒でも飲んでホトトギス待とうと呼びかけた歌であって、酒はいわば添え物である。

天平二十年の四月一日の立夏《りつか》、越中にあった家持は部下久米広縄《くめのひろなわ》の家でこの歌をうたった。しかし待ちわびたホトトギスはついに来なかった。前年の十九年四月にも、やはりホトトギスが来ないことを歎いた*似たような歌を詠んでいる。そのせいか、この年は早くからホトトギスの来訪を待ちわびていたようで、同座していた遊女や侍臣が同情して、「*二上《ふたがみ》の山に隠《こも》れるほととぎす今も鳴かぬか君に聞かせむ」「*明日よりは継《つ》ぎて聞えむほととぎす一夜《ひとよ》の故《から》に恋ひ渡るかも」という歌を詠んで励ましているほどである。

家持のホトトギスを恋い慕う気持が群を抜いていたことは、『万葉集』中にホトトギスの歌が百五十余首ある中、なんと六十余首近くを家持が詠んでいることから窺える。大げさに言えば、家持にとってのホトトギスは、いわば旅人における酒に相当していた。しかしこれは、別に家持の罪とは言えまい。彼がただ酒の歌を多く残さなかっただけのことである。

にあって断定を示す強意の係助詞。「ぞ」に同じ。

*宴席で詠んだ歌―元正天皇に拝した時の歌(四〇二七、四三二)、越中の自邸で詠んだ歌(四一五一〜五三)他。

*似たような歌―「あしひきの山も近きをほととぎす月立つ迄に何か来鳴《き》かぬ」(巻十七・三九八三)など。掲出歌の二首前でも「卯《う》の花の咲く月立ちぬほととぎす来鳴き響《とよ》めよ含《ふふ》みたりとも」と詠んでいる。

*二上の山に隠れる…―二上山をまだ出ない時鳥よ。今まさに鳴かないか、わが君にお聴かせしたいもの。(四〇六七・遊行女婦《うかれめ》土師《はじ》)

*明日よりは継ぎて聞えむ…―明日からは毎晩続いて聴かれるだろうに。一夜隔てるばかりに、時鳥をかくも恋い続けておいでだ。(四〇六九・能登臣乙美《のとのおみおとみ》)

11

玉垂《たまだ》れの小瓶《こがめ》やいづら小《こ》よろぎの磯の波分《わ》け沖に出《い》でにけり

藤原敏行《としゆき》

【出典】「古今集」雑歌上・八七四

あの美しい小亀（小瓶《こがめ》）はどこに行っちゃったのか。小よろぎの磯の波を分けてとっくに沖に出ちゃったとはねえ。

【閲歴】藤原不比等《ふひと》の子孫で陸奥《むつ》出羽按察使《あぜち》であった富士麿の長男、母は紀名虎《きのなとら》の娘。貞観八年（八六六）内記となり、因幡守《いなばのかみ》や右近少将を経て蔵人頭《とう》、右兵衛督《かみ》となった。寛平御時后宮歌合以下の歌人で、『古今集』に、秋上の巻頭歌「秋来ぬと目にはさやかに見えねども風の音にぞおどれかれぬる」など、二十首余の歌を残す。能書《のうしょ》としても知られた。延喜元年（九〇一）没。『百人一首』「住の江の岸による波夜さへや夢の通ひ路人目よくらむ」の作者。

これは『古今集』雑部にのる一首である。前歌同様、酒の魅力を直接うたった歌ではないが、宮廷内の酒をめぐるちょっとしたエピソードを描いた一首として多少読ませるものがある。

宇多《うだ》上皇の時、殿上《てんじょう》の間にたむろしていた廷臣が、下僚《かりょう》に小瓶《こがめ》を持たせて、上皇の后であった温子《おんし》皇后の所へ「大御酒《おおみき》」の下賜《かし》を願い出た。大方酒が足

【詞書】省略。本文参照。

【語釈】○玉垂れの小瓶―「玉垂れの」は美しい玉すだれ。枕詞として「緒《を》」に掛かるが、「を」を「小」に変えて続け、「小瓶」に「小亀」を掛ける。○小よろぎの磯

らなくなって皇后にお下がりを無心したのであろう。*女蔵人《にょくらうど》がにやにやしながら后に取り次いだのはいいが、その後《ご》何も言ってこない。下僚が戻って来てかくかくと告げると、敏行《としゆき》はこの歌を詠んで女蔵人の所に届けたという。

なぜ小瓶が帰って来なかったのか書いてないが、大方、女蔵人あたりが、あの連中に酒をお下げになっても、底なしですから無駄ですわとか何とか言って、そのままほっておいたというところだろう。もう一本もう一本と切りなく飲み続ける亭主に、神さんがストップをかけるのは現代にもよくある構図である。

敏行は、皇后から音沙汰がないのを、自分たちの酒好きをたしなめた皇后の訓告だと受け取って気恥ずかしくなり、「*小瓶《こがめ》」を「小亀《こがめ》」に変えて、「小亀が沖の方へ消えちゃったらしい」と取りなしたのである。「玉垂れの小瓶」という句は、風俗歌《ふぞくうた》「玉だれ」から出ている。客を迎える酒の用意はしてあったのに、酒の肴《さかな》が無いといってあちこち探し回る主人をからかった歌で、『伊勢物語』や『古今集』*に色好みの逸話を残す粋人《すいじん》の敏行には聴き慣れていた歌だったに違いない。

余談だが、この敏行の息子に『大和《やまと》物語』百七十段に兵衛命《ひようえのみよう》婦《ぶ》との恋の

―相模国大磯近くの小磯の浜。「小ゆるぎ」ともいう。風俗歌「玉垂れ」の「玉垂れの小瓶《をがめ》を中に据ゑて主《あるじ》はもや魚求《ま》きに魚《さかな》取りに小ゆるぎの磯の若芽刈り上げに」をもじったもの。○沖に―「沖」は古今集東歌の「相模歌」に「小よろぎの磯立ちならし磯菜つむめざし濡らすな沖にをれ波」に拠る。小亀が出て行った「沖」に、小瓶がどこかに置かれている状態の「置き」に掛けたという説もある。

*女蔵人―宮中に仕え、雑役を勤めた下級女房。

*「小瓶」を「小亀」に変えて―後世の例だが、三条西実隆に「瓶」に「亀」を掛けた「花をさす瓶（亀）は万代《よろづよ》残りても徒《あだ》に散りにし形《かた》もあれとや」（再昌草・第二十三・四四一三）という歌がある。

歌をのせる伊衡《これひら》という歌人がいて、これがとんでもない酒豪だった。『本朝文粋《もんずい》』*巻十二に紀長谷雄《きのはせお》が記した「亭子院に飲《いん》を賜ふ記」があって、延喜十一年（九一一）宇多上皇の御前で藤原仲平以下の八名の廷臣らによる闘酒《とうしゅ》（酒の飲み比べ）の会が行われ、伊衡は、大盃八回の巡盃にも平然としていたので、上皇から駿馬《しゅんめ》を賜ったと出て来る。大酒呑みの記録としては最古のものとされるが、あるいはこれも父敏行譲りの血であろうか。

これは酒自体を問題にした歌ではないが、宮廷における酒好きの男たちの生態を窺わせる一コマとしてみればこれはこれで面白い。実は『古今集』を洗ってみても、詞書に「大御酒」といった語が見える歌が二、三あっても、歌本文に「酒」の語がある歌は見出しがたい。この*傾向は『古今集』のみならず、その後に続く八代集時代、あえていえば中世を含めた二十一代集全体を通じてほとんど変っていないと言っていい。

『伊勢物語』『大和物語』などの歌物語でも、地の文に酒の語は出てきても、直接酒をうたった歌はなかなか見出せない。たとえば有名な『伊勢物語』八十二段。在原業平や紀有常《きのありつね》らが水無瀬《みなせ》の離宮にいた惟喬《これたか》親王を誘って交野《かたの》の渚院《なぎさいん》に鷹狩りに出た話で、一行は「狩は懇《ねんご》ろにもせで」もっぱら「酒をの

*色好みの逸話—業平の家にいた女性との恋を描いた伊勢物語・百七段、古今集・恋四・七〇五に載る話。雨なので行けないといってきた敏行に、業平が女に代って代作し、敏行の薄情をとっちめたという話。

*本朝文粋—嵯峨天皇時代から後一条天皇期にいたる日本の詩文や諸種の文章を集めた詩文集。藤原明衡撰。十一世紀半ばの成立。

*この傾向は…ほとんど変っていない—酒を主題にした歌で目立ったものといえば、古今和歌六帖・第六に見える二、三首と、平安中期に藤原公任が編んだ和漢朗詠集・巻下にのる次の12で見る能宣の歌が一首ある程度である。

み飲みつつ」木の下で歌を詠みあう。日暮になって従者が「酒を持たせて野より出で来た」ので、また「この酒を飲みてむ」と言って、天の川という地に赴き、七夕《たなばた》歌を吟ずる。その後、水無瀬の離宮に着くが、そこでも夜が更けるまで「酒」を飲んで清談にふけるという話である。酒の語は地の文に何度か出てくるのだが、その間《かん》に六首も詠まれた歌には酒を詠んだものはない。

王朝貴族和歌が隆盛した時代は、酒の歌にとってはどうやら御難《ごなん》の時代だったようだ。実際には大陸志向の強い漢詩人たちは、*『懐風藻《かいふうそう》』や『経国集《けいこく》』、『菅家文草《かんけぶんそう》』といった漢詩集などに相変らず酒の詩を詠むことを厭わなかったし、また日常の貴族社会では事あるごとに酒宴が開かれ、物語世界でもさ*まざまな雅会や酒宴が描かれていて、しかも多くは夜を徹して飲んでいるにもかかわらずに、なぜか歌の世界からは酒は忌避《きひ》されているのだ。

平安和歌になぜ酒の歌があまり残されていないのかは一つの大きな問題である。雅《みやび》を志向する和歌の世界では、酒は風俗を乱す最大なものとしてしばしば禁制の対象とされたから、やはり酒は俗の俗なるものとして、純正なる和歌の埒外《らちがい》へ押しやられたとみる他ないようである。本書にとっては淋しい時代というしかない。

＊『懐風藻』や『経国集』、『菅家文草』―懐風藻は奈良朝末期の漢詩集、経国集は平安前期の勅撰漢詩文集、菅家文草は菅原道真の漢詩文集。

＊さまざまな雅会や酒宴が描かれていて―源氏物語から拾えば、絵合巻の後宴で源氏の弟帥宮《そちのみや》らの酔泣きする場面や、松風巻での桂院における巡盃シーンなどがある。また紫式部日記に敦《あつ》平《ひら》親王の誕生の五十日の祝宴で貴族たちの酔態が描かれている。

12

有明の心地《ここち》こそすれ酒盃《さかづき》に日影《ひかげ》も添ひて出でぬと思へば

大中臣能宣《おほなかとみのよしのぶ》

【出典】「拾遺集」雑秋・一一四八（拾遺抄・雑上・四二五）

この盃こそまさに有明の月という感じですね。月のように丸いこの酒杯に、ヒカゲノカヅラならぬ朝日の光までが添って出るなんてね。

【閲歴】大中臣氏。延喜二十一年（九二一）、伊勢神宮の神官の家に生まれ、醍醐・冷泉・円融・花山の時代、親子三代に渡ってその祭主となり、かたわら歌人として名を馳せた。梨壺の五人の一人、また三十六歌仙の一人、百人一首に「御垣守衛士《みかきもりえじ》のたく火の夜は燃え」の歌を残す。座を盛り上げる当意即妙の歌に長《た》けていた。正暦二年（九九一）没。

【詞書】小忌《をみ》に当たりたる人の許に罷りたりければ、女ども盃に日影《ひかげ》を添へて出だしたりければ。

（小忌に当たりたる人とは大嘗祭や新嘗祭などの儀式に斎戒し奉仕する役の人。

前項で触れたように、勅撰集には酒の歌はほとんど見出せないが、これは歌本文に「酒盃」を詠みこんだ例外歌。『和漢朗詠集』の撰者公任《きんとう》は、日本の酒の歌として、下巻の「酒」の項に唯一この歌を採取している。しかし他にもっといい歌がなかったものかと思わないではない。

それはともかく、能宣《よしのぶ》は、侍女たちから蔓草《つるくさ》ヒカゲノカヅラの一片を盃に浮かべためでたい酒を振舞われ、とっさに丸い盃を月に見立て、酒杯に「日影（日の光）」が加わったというので、西の空にかかる有明月みたいですねと返したのである。さっぱりした機知の歌だ。

盃に桃や梅などの花片を浮かべて飲む行為は、中国渡りの風習。09で見た坂上郎女《いらつめ》の歌がそうだったが、『万葉集』には他に「*春柳鬘《かづら》に折りし梅の花誰か浮かべし酒杯《さかづき》の上《へ》に」といった歌も見える。古くは梅の花が主流だったが、醍醐《だいご》天皇の時代に始まったとされる曲水《きよくすい》の宴あたりから桜の花が主流になり、一方では重陽《ちようよう》の菊の節句などでは、長寿にあやかって菊を浮かべた菊《きく》酒《ざけ》が早くから人気があり、*漢詩などではこちらが多くうたわれた。

能宣は歌合の歌や屏風歌などに当意即妙の冴えを発揮した歌人。案外この歌なども、能宣の軽妙な才を愛していた女房たちが、わざと類例のないヒカゲノカヅラを盃に浮かべ、彼がどういう歌を返してくるか試してみたというのが本当かも知れない。ちなみに『拾遺集』夏部の巻頭歌「*鳴く声はまだ聴かねども蝉の羽《は》の薄き衣は立ちぞ来にける」という歌も能宣の歌で、これも、蝉の鳴き声はまだ聞こえないが、その代りに蝉の羽みたいに薄い夏衣が先にやって来たという頓智を利かした能宣らしい歌だった。

「撰集抄」巻八の説話では小野宮実頼《さねより》とある。）

【語釈】○酒盃―「さかづき」の「つき」を「月」に取りなす。○日影―シダ科の蔓草ヒカゲノカヅラ。正月の神事や小忌に奉仕する人が冠の左右に垂らした。「カゲ」を「影＝光」に見立てた。

＊春柳鬘に折りし…―万葉集・巻五・八四〇・壱岐目《いきのさかん》村氏彼方《そんしのおちかた》。

＊漢詩などでは―経国集に、嵯峨天皇の「九日菊花を翫ぶ篇」、菅家文草・巻二に「九月菊酒の飲の序」などが見え、他にも多い。

＊鳴く声はまだ聴かねども…―拾遺集・夏・七九。村上天皇の天徳四年内裏歌合の出詠歌。衣の縁で「立つ」に衣を断つ意と立夏になったという意の「立つ」を掛け、さらに「着て」に「来て」を掛ける。

13

朝出《い》でに黍《きび》の豊御酒《とよみき》飲み返し言はじとすれど強《し》ひて悲しき

源俊頼《としより》

【出典】「散木奇歌集」雑上・恨躬《こんきゆう》恥運《ちうん》雑歌百首

朝、勤めに出る前に黍《きび》で造った安酒を飲み直して景気をつけ、今日は愚痴は言うまいと思いもするが、なんだか余計むやみと悲しくなってくる。

【閲歴】天喜三年（一〇五五）、三船の才を誇った大納言源経信《つねのぶ》の三男として、篳篥《ひちりき》と歌の才を受けて生まれた。官途の上では生涯不遇であったが、堀河院時代に「堀川百首」の企画や『金葉集』の撰者として活躍、院政期の過渡的な歌壇に重要な足跡を残した。歌才は縦横闊達で、家集に千六百首余をのせる『散木奇歌集』があり、新古の和歌のあり様を整備した歌論『俊頼髄脳』がある。大治四年（一一二九）七十五歳で没。

院政期堀河天皇時代に、沓冠《くつかむり》の歌や連歌や狂歌などもこだわりなくうたい、また歌に俗語を平気で取りこむといった自在な歌才を発揮した俊頼のことだから、酒の歌も抵抗なくうたったのではないかと当たってみたが、やはり少ない。千六百余首ある家集『散木奇歌《さんぼくきか》集』をひもといても、*せいぜい三、四首が見出せる程度である。

【語釈】○黍の豊御酒―原文は「きびのとよみき」という仮名書き。名高い吉備の豊御酒のことを言うが、俊頼がそういう上等な酒を常備していたとは思われないので、黍で造った吉備産の

これは、家集第九・雑部上の最後に置かれている「恨《こん》躬《きゆう》恥《ち》運《うん》雑歌百首」中の末尾近くにのる一首。出勤前に酒を一杯引っ掛けるという歌で、いわば朝酒を詠んだ歌であるが、*通常の朝酒という意ではなく、やけ酒に近い酒であったらしい。表現にやや不分明の所があるが、一首は、景気づけに朝酒をあおってみたが、余計に暗い気分に落ちこんだという意味と思われる。

そう解するのは、この歌が「恨躬恥運百首」中の一首だからである。「恨躬恥運」とは、恥を窮めるわが運を恨むという程の意。俊頼は、和歌史の上で果たした功績は絶大だったが、五十七歳にして木工頭《もくのかみ》、後は散位《さんい》で一生を終えるという不遇の一生を送った。家集には、自分より下﨟《げろう》の人間に先を越されたことを嘆いた歌も何首か見える。そういう人生を自ら集約して詠んだのがこの百首で、全編が歎き節《ぶし》で満たされている。

*三日月の影にかがよふ陽炎《かげらふ》の仄《ほの》ほかにても世を過ごすかな
*芥川《あくたがは》水屑《みくづ》となりし昔より流れもやらぬ物をこそ思へ
*柴漬《ふしづ》けし荊棘《をどろ》の下に棲む鮠《はへ》の心幼き身をいかにせん
*影のみや立ち添ふものと思ひしに歎きも身をば離れざりけり

この「恨躬恥運百首」は、どれを取ってもこうした暗い悲哀が溢れていて、

安酒と解した。○豊御酒―「豊」はここでは漉《こ》してない酒という意だろう。

*せいぜい三、四首が―「曇りなき君が千歳に盃の光をさへも差し添ふるかな」（第五・祝）、「入りぬるを喜び顔に飲むまじや一の洲酒をとゐこともなく」（第五・旅宿）など。後者は、九州からの帰途、漸く難波の一の洲に入って一安心していると、とゐという水夫が酒を持って来たので喜んで飲んだら、ひどく酸《す》っぱい酒だったので飲みさしたという意味の詞書がある。

*通常の朝酒―民謡「会津磐梯山」の「朝寝朝酒朝湯が大好きで」など。若山牧水も朝から二合の朝酒を呑んだという。31を参照。

*三日月の影にかがよふ……―「恨躬恥運百首」の第一首。三日月の淡い光の下に見え

極めて特異な百首となっている。もっともこれには先蹤《せんしょう》があって、和歌史の上では曾祢好忠《そねのよしただ》の「好忠百首」*「毎月集」がそれだとされているが、歎きの質は好忠のそれを遙かに越えている。

歌に戻れば、この歌の急所は、単にやけ酒をあおったという点にあるのではなく、第四句「言はじとすれど」にある。何を我慢して言わないのかは直接には語っていないが、掲出歌の数首前に次のような歌があって、重要なヒントを与えてくれる。

　なほもなほ言ひても言はむ今日も今日思ふ思ひの積る積りを

この歌自体、一句から五句までのすべてを「なほ」「言ふ」「今日」などの畳語《じょうご》で連ねたユニークな歌であるが、「言ひても言はむ」というのは、こうしてさんざん日々の憂悶を積み重ねてきて、普通ならいい加減嫌《いや》になって黙り込むところを、俺はもっともっと「思ふ思ひ」や「積る積り」を言い続けるぞ、諦めたりはせんぞという意であろう。そういう意味でこの「なほもなほ」の歌は、延々と恨躬《こんきゅう》恥運《ちうん》の歌をよみ続ける俊頼の制作動機を明かす鍵になる歌だと言ってもいい。掲出歌の第四句「言はじとすれど」は、いわばその反証なのだ。俊頼には気の毒であるが、結局酒を飲んでも救いはないな

隠れする陽炎はよけい仄かで見えにくいが、あるかないか分らぬ私の日々もそんなもの。

*芥川水屑となりし昔より…—塵芥を浮かべて流れる芥川の水屑として生れて以来、流れもせずにぐずぐず物思いをすることだ。

*柴漬けし荊棘の下に…—川に沈めた柴漬けの下でうごめくちっぽけなハエのごとき、思慮分別の幼いわが身よ。「柴漬け」も「をどろ」も水中に沈めた柴に引っかかった小魚を獲る仕掛け。

*影のみや立ち添ふものと…—影はこの身体にいつも付き添う物と思ってきたが、歎きも私の身からいつも離れずにいる。

*「好忠百首」「毎月集」—前者は身の沈淪と無常の歎きをテーマに四季・恋五〇首と沓冠、物名歌五一首で

どというこんなやけ気味の歌があったと思うと胸がつまされてくる。
　俊頼の性格には多少奇警《きけい》なところがあって、「*卯の花の身の白髪《しらが》とも見ゆるかな賤《しづ》の垣根も年寄り（俊頼《としより》）にけり」という、歌の中に自分の名をちゃっかり詠みこんだ歌があるのは有名である。たとえば次の狂歌などは、同じ酒を詠んだ歌でも、そうした俊頼の頓才《とんさい》がよく発揮された歌といってよい。

　*世の人は問ひ釃《した》むともすまさらば御酒《みき》とな言ひそ暫《しば》し洩らさじ

「酒ニ寄スル恋」という題の恋歌。「釃《した》む」とは雫《しずく》を垂らすというのが原義というが、ちょっと解りにくい。仮に訳せば、世の酒飲みよ、酒を零《こぼ》しても平気でいるのなら、御酒《おみき》などと有難がらないがいい、暫くは零さぬよう頂戴なされ、といったところだろうか。しかし、「御酒」に「見き」を掛けた第四句を軸に廻転すると、なんと、人に問われて恋心をうっかり洩らすくらいなら、些かでも逢ったなどとは言わぬがよい、といった忍ぶ恋の歌に変貌する。この程度のギャグはおそらく俊頼はお手の物だったのであろう。
　ひょっとしたら、百首全部を丸ごと愚痴で覆い尽くした「恨躬《こんきゆう》恥運《ちうん》百首」全体は、俊頼が意図的に仕掛けた捨鉢《すてばち》のギャグなのかも知れないという気もしてくる。俊頼だったらその程度のことはやりかねないのである。

構成した一〇一首。後者は三六〇首からなる日記的生活詠。
＊卯の花の身の白髪とも……——散木奇歌集・第二・夏部・四月。この卯の花は自分の白髪にも見えるよ。俊頼という名前ではないが、私も年が寄ったからなア。
＊世の人は問ひ釃むとも……——散木奇歌集・第七・恋上部。解釈は本文に示した。

14

百敷《ももしき》や袖を連《つら》ぬる盃《さかづき》に酔《ゑひ》を勧《すす》むる春の初風

寂蓮《じやくれん》

【出典】六百番歌合・春上・元日宴・五番右持《じ》

この元旦の宮中の宴、袖を並べて新年の祝う群臣の酒杯に、酔いを勧めよとばかりに春風が吹いてくることだ。

【閲歴】俊成の甥。俗名は藤原定長。従五位上中務少輔《なかつかさしょうゆ》に進んだが、三十歳前後に出家。多くの歌合に出詠し、河内、大和、出雲、東国なども探訪。常套に捉われぬ歌才を発揮し、定家や良経ら俊成門の新鋭歌人の先達として「六百番歌合」などで鋭い舌鋒を発揮して活躍、新古今歌壇にも進出して和歌所寄人となったが、完成前に六十前後で他界した。

美々《びび》しくておおどかな光景の歌である。出典である「六百番歌合」の開巻一番「元日宴」には、九条良経《よしつね》とその叔父の慈円《じえん》の次の歌が並んでいる。

粗玉《あらたま》の年を雲居《くもゐ》に迎ふとて今日諸人《もろびと》に御酒《みき》賜ふなり　良経

百敷《ももしき》や春を迎ふる盃に君が千歳《ちとせ》の影ぞ映れる　慈円

寂蓮の詠もほぼ同趣であり、特に慈円の歌の上句とはかなり重なっている。

【語釈】○百敷や―広大な宮中を意味する枕詞だが、宮中そのものをも意味した。

＊樽ノ前ニ酔ヲ勧ムル……―前

正月一日、群臣が宮廷に集って天皇から大御酒《おおみき》を賜るが、三首ともその賀宴のめでたさを寿《ことほ》いだ歌。今でいう新年の賀詞《がし》に当たる類歌といってよい。

この寂蓮歌の眼目は、第四句の「酔《ゑひ》を勧むる」という語にある。漢語「勧《かん》酒《しゅ》」の和訓で、『和漢朗詠集』にのる白楽天の「*樽《たる》ノ前ニ酔《ゑひ》ヲ勧ムルハコレ春ノ風」という詩でよく知られていた。心よい句というべく、院政期の藤原仲実《なかざね》もこの詩を翻案して「*薄く濃く今日咲きあへる桃の花酔《ゑひ》を勧むる色にぞありける」という歌を詠んでいる。しかし、常磐《ときわ》の三寂《さんじやく》の一人唯心房寂然《ゆいしんぼうじやくぜん》は、「*花の本《もと》露の情《なさけ》は程もあらじ酔《ゑひ》な勧めそ春の山風」という「酔を勧むる」ことをあえて拒否するような歌を詠んだ。寂蓮は寂然と親交があったから、当然この歌を知っていたはずで、酒を禁止した寂然の律儀《りちぎ》な歌をさらに逆転し、「春の山風」を「春の初風」に変えつつ、再び酒の酔に心よく身を任せようという歌に転じ換えたそつのない一首と読み取れる。

寂蓮は、定家ら新風*御子左《みこひだり》派歌人たちの闘将として、旧派の六条家歌人*顕昭《けんしよう》と威勢よくやりあった歌僧。酒はお手の物というべく、この歌には新古今時代前夜の明るい*ディレッタンチズムの気分が汪溢《おういつ》しているが、酒の功徳をうたった歌でないのが惜しまれる。

句は「花ノ下《もと》ニ帰ラムコトヲ忘ルルハ美景ニ因《よ》ッテナリ」（白氏文集・巻十三「歌舒大ニ贈ラルルニ酬フ」）

*薄く濃く今日咲きあへる…—永久百首・春・桃花・仲実。

*花の本露の情は…—唯心房集、新古今集・釈教歌。花の美しさや露の情けをうたっても一時の楽しみに過ぎない。春風よ、そんな迷いに現《うつつ》を抜かさぬよう酒を勧めるのは止めよ。

*御子左派—御子左家は俊成の門流。俊成の指導下に新古今歌壇の中枢に進出した定家、家隆、良経、慈円、寂蓮らを総称していう。

*顕昭—六条顕輔の猶子で、六条家歌学を継承した学僧。袖中抄や古今集注などの著がある。

*ディレッタンチズム—学問や芸術に趣味的に沈潜して楽しむ態度。

15

思ほえず飽《あ》くまで花を三千歳《みちとせ》も巡りやしぬる桃の盃《さかづき》

正徹《しょうてつ》

【出典】「草根集《そうこんしゅう》」巻二・一一八一

今まで桜を飽きるほど見てきたが、いくら桜でも、桃の花を散らしたこの盃を飲んで、三千年の寿命を得るという桃には負けるのだな。思いもしなかったよ。

【閲歴】永徳元年（一三八一）に備中小田郡の城主の一族に生まれ、三十四歳で出家、京五山の一東福寺書記となった。法名正徹、招月庵清厳《せいがん》と称した。和歌は十歳頃から学び、今川了俊から冷泉家の歌書を承け、みずから定家流を標榜して、武士や心敬ら連歌師など多くの門弟を集め、また将軍家に源氏を講じた。歌論歌話に『正徹物語』があり、弟子の正広《しょうこう》が編纂した『草根集』に約一万一千首の歌を残す。長禄三年（一四五九）没、七十九歳。

鎌倉時代初期から一挙に室町前期の歌僧正徹にとぶ。しかしまたもや盃の歌である。日常社会では武士も貴族たちも酒はしょっちゅう飲むし、『徒然草』の説話などをみても末端では大いに消費されていたが、歌の世界では基本的にはこうした優美な儀礼歌が拡大再生産されていた。

これは桃の節句に供された桃酒を詠んだ歌。三千年に一度実をつける西王《せいおう》

【語釈】○三千歳―「三」の「み」に「見る」を掛ける。三千歳は下の「桃」と呼応し、西王母の伝説の桃を暗示する。○巡りやしぬる―巡るであろうか。反語表現。

母《ぼ》の仙桃《せんとう》を食べるとそれと同じ寿命を得るという中国の古伝説を踏まえ、花の王者である桜と対比させたのである。この桃酒も*歌にしばしば詠まれてきたが、正徹はその桃を借り来たって、桜の絶対性に対し搦手《からめて》からジャブを利かしたのである。等類《とうるい》の歌を避けた室町期和歌らしい新しさを狙った歌だと言ってよいが、全体としてはやはり祝歌以上のものではない。

一万余首ある正徹の家集『草根集』をひもといても、酒の歌は菊酒を詠んだ次のような歌ぐらいしか見つからない。

*幾秋《いくあき》に巡り会はまし摘む菊の花を浮かぶる今日の盃

*誰《た》が御世か今日咲く菊の九重に巡り初めける花の盃

すでに述べたように、『古今集』以来、日常を超越した美の世界を目指す貴族和歌の世界では、酒の歌は美に相反《あいはん》するものとして忌避《きひ》されてきた。新古今時代の驍将《ぎょうしょう》である*定家も酒の歌はほとんど詠んでいないし、定家流を自認した正徹が、それを承けて、酒の歌に対して禁欲的であったのは当然かも知れない。こうした傾向は、正徹より前の南北朝初期に出た頓阿《とんな》や兼好《けんこう》といった、少しは洒脱《しゃだつ》な所がある歌人でもそう変らなかった。

しかし、十五世紀の半ばに生れた次の実隆《さねたか》となると話は多少違ってくる。

*歌にしばしば詠まれて―蜻蛉日記上巻に「三千年を見つべき実には」とうたった兼家の歌が見える。

*幾秋に巡り会はまし……―草根集・五・三六三八。

*誰が御世か今日咲く菊の…―同・五・三六四〇。

*定家も…詠んでいない―三十五歳の時の「韻歌《いんか》百二十八首」中の「盃」の語を歌末に置いた歌二首「色に出でて秋の梢ぞ移りゆく向ひの峯の浮かぶ盃」「諸共《もろとも》に巡り会ひける旅枕涙ぞそそぐ春の盃」が見えるぐらいである。万葉の古歌「春日なる三笠の山に月の船出づ遊士《みやびを》の飲む盃に影に見えつつ」（巻七）や、白氏文集・巻十七・十年三月三十日別微之の詩句「酔悲灑涙春盃裏」を踏まえ、日常を越えた美の世界を詠んだ歌。

16

わが家《いへ》の妹心《いも》あらば名月の光さし添ふ盃《さかづき》もがな

三条西実隆《さねたか》

【出典】『再昌草《さいしょうそう》』第二十八・五五七八

わが家の奥さんよ、風流心があるなら、この十三夜の月の光を浮かべられる大きな盃を出してくれないか。

【閲歴】享徳四年（一四五五）、藤原氏北家《ほっけ》の流れをくむ三条西家公保《きんやす》の次男として生まれ、兄の夭折により六歳で家督を継ぐ。朝廷の輔佐として古典学や漢詩、和歌の研鑽にいそしみ、一条兼良《かねよし》亡き後、応仁の乱の時代に当代一の碩学《せきがく》として生きた。源氏や伊勢の講釈の他、宗祇《そうぎ》より古今伝授を受けて後代に伝えたほか、六十余年書き続けた漢文日記『実隆公記《さねたかこうき》』、明応七年（一四九八）の京都大火以降の詠草をまとめた『再昌草（再昌とも）』及びその死後、後水尾院らが実隆の歌を集成した『雪《せっ》玉《ぎょく》集』に、合せて一万余の歌を残す。天文六年（一五三七）没、八十三歳。

【詞書】狂言に申し侍りし。

【語釈】○妹—男性からみて恋人や妻を指す古語。ここは妻。

実隆は、月次《つきなみ》の歌会に出す題詠歌や、本業である漢詩の他、即興歌、連歌も多数残しており、狂歌なども気楽に作った。家集『再昌草』には三百を越える狂歌が点在しており、この歌にも「狂言に申し侍りし」という詞書をつけているから、実隆は狂歌の積りでいたらしい。

直前の歌の詞書に、九月十三夜の月、いわゆる後《のち》の月を見て作った歌とある。家集の年立《としだて》によって、大永八年(一五二八)閏九月、実隆七十四歳の時の作であることが分る。私はこの歌を、本コレクション中の豊田恵子氏の『三条西実隆』で知ったのだが、実隆の酒の歌にこんなほのぼのした歌があるとは知らなかった。前二歌同様、これも盃の歌といえば盃の歌であるが、宮中歌会などにおける改まった歌ではなく、家庭生活での一コマをさりげなく描いた、古典では滅多に見られない歌だ。

十三夜の夜、奥にいる北の方《かた》に、月光を映すのにいい何か大きな杯がないか、とでも気さくに声を掛けた場面であろう。そもそも現存の『再昌草』にのる約三千首の歌をみても、奥さんの事を直接「妹《いも》」などと詠んだ歌はない。たまに「女中より」とか「女房の」という詞書が見つかる程度で、それだけでも珍しい。近代の歌だったら、奥さんに向かって杯を持って来いなどと呼び掛けたって、歌になどならないだろう。

それをまがりなりに歌にしているのは、盃に月光を映すというのが風流な行為だからである。12で大中臣能宣《おほなかとみのよしのぶ》の「有明の心地《ここち》こそすれ酒盃《さかづき》に日影《ひかげ》も添ひて出でぬと思へば」という歌をみた。また14でも、慈円の「百敷《ももしき》や春を迎ふる盃に君が千歳《ちとせ》の影ぞ映れる」という歌に触れたが、ここは桃の花や桜、

＊それだけでも珍しい——ただし漢詩では「妻児ニ相対ス一盃ノ中」という一句が見える(再昌草・一七九一)。

菊ではなく、月光を肴に酒を賞味しようというのである。その風流が、妻に盃を乞うというちょっとした日常的行為を歌にしている。

二句めの「心あらば」にもそうした遊び心が顕著である。古歌の「心あらば」は、「*夏山に鳴く時鳥《ほととぎす》心あらば物思ふ我に声な聞かせそ」とか、「*小倉《おぐら》山《やま》峯の紅葉ば心あらば今一度《ひとたび》の御幸《みゆき》待たなん」という歌のように、人間の心を持たぬ動植物などに向かって呼びかける類型語だった。近代の例なら、佐藤春夫の「*あはれ秋風よ心あらば伝へてよ」という詩を思い出してもいい。従って、糟糠《そうこう》の妻に向かって、あたかも心なき物のように「心あらば」などと言うのは、失礼極まりないのである。それをあえて使ったところに、この歌が狂言である所以《ゆえん》があり、遊びがある。かつて自分の奥さんを「愚妻《ぐさい》」と呼ぶ慣例があったが、*そんなものだと考えればいいかも知れない。

日本の酒の歌には、酒を飲む喜びやその肯定的側面を称える歌は多くないが、この歌などには、珍しく飲酒という行為が一方で持たらす明るい小粋《こいき》な面が覗いていて、なかなかユニークで楽しい歌となった。

実隆は『再昌草』の中に、歌以外にも貴族の表芸である漢詩をいくらも残していて、中には中国の詩人に追随するように、「*酔余《すゐよ》ノ一曲青袂《せいへい》ヲ湿《うるほ》ス」

*夏山に鳴く時鳥……──古今集・夏・一四五・読人知らず。

*小倉山峯の紅葉ば……──拾遺集・雑秋・一一二八・藤原忠平。

*あはれ秋風よ──大正十二年刊「我が一九二二年」所収「秋刀魚の歌」。

*そんなものだと考えればいいかも知れない──もっとも実隆は名門出の奥さんに頭が上がらなかった恐妻家として有名だから、その腹いせにこんな歌をあえて物したのかも知れない。

*酔余ノ一曲……──再昌草・第十二・二二〇五。

「*清風明月一瓢《ぴょう》ノ飲」「*何《いづ》レノ日ニカ盃ヲ傾ケテ琴ヲ撫デン」といった酒の句も見えているのだが、肝心の和歌の方では、やはりこれまでの伝統的な規範に準じてか、酒の歌は*そう残していない。裃《かみしも》を外した狂歌という意識があるからこそ、稀にでもこんな軽妙な戯歌《ざれうた》がうたえたのであろう。もっとも酒の歌は狂歌としてもこの一首しかないが。

前述のように実隆は『再昌草』の中に三百首を越える狂歌を残している。宗祇《そうぎ》や松柏《しょうはく》、宗長《そうちょう》といった連歌師とも気軽に付きあった実隆にとっては、狂歌や連歌は、純正な和歌とは言わば隣同士の近しい関係にあったとみて差しつかえあるまい。時代は確実に*一休《いっきゅう》や山崎宗鑑《そうかん》以後の狂歌や誹諧の時代に入ってきていた。

最後に、酒の歌ではないが、実隆の狂歌から、古典和歌の世界を軽妙に顚倒させた歌を一首紹介しておこう。

*和泉《いづみ》なる佐野の市人《いちびと》立ち騒ぎこの辺《わた》りには家もありけり

万葉の長忌寸意吉麿《ながのいみきおきまろ》がうたった佐野の渡りを、新古今時代の定家が「雪の夕暮」という名歌に転じ、実隆はそれをさらに、ギャグに近いこうした所まで変容させたのである。もって実隆の位置を思うべきであろう。

*清風明月……――同・第十九・三六六六。

*何レノ日ニカ……――同・第二十五・四九四七。

*そう残していない――「はかなしや酔を勧めし月の前花の木蔭も夢の初風」（五三二五）という歌はその一例。

*一休や山崎宗鑑――一休には破天荒な艶笑詩や戯詩が多く、宗鑑は誹諧の祖として知られる。いずれも一五世紀半ばの人。

*和泉なる佐野の市人……――再昌草・四六〇五。定家が本歌に取った万葉集の長忌寸《ながのいみき》意吉麿《おきまろ》の「苦しくも降り来る雨か三輪の崎佐野の渡りに家もあらなくに」（巻三・二六五）をもじった歌。

17

浦浪《うらなみ》の夜になるまで飲む酒に酔《ゑ》ひてただよふ千鳥足《ちどりあし》かな

暁月坊《ぎょうげつぼう》

【出典】明和八年西村版刊本「狂歌酒百首」

―海岸に寄る波ではないが、夜まで飲んだのですっかり酔っ払い、まさに千鳥になって、ふらふら千鳥足で漂うことよ。―

【閲歴】不明。鎌倉時代中葉、定家の男《なん》二条為家の子冷泉為相《れいぜいためすけ》を兄に持つ冷泉為守《ためもり》がいて、出家後暁月《ぎょうげつ》と名乗ったが、これとは別に室町前期辺りから連歌師たちの間で狂歌の祖として暁月坊なる名が浮上し、やがてその名を冠した「暁月坊狂歌酒百首」が成立、その作者として「暁月」の名を持つ冷泉為守が比定された。しかしこの百首には「五月雨の名負ふる酒の酒手川質《しち》もとどろに流れてぞ行く」といった質流れを詠んだ歌などが数首混じっていて、鎌倉時代の作としては矛盾が多く、現在では室町時代後期以降に連歌師たちが暁月坊為守の名に仮託して作り上げた偽作《ぎさく》と見られている。

前述したように、室町後期辺りから狂歌が次第に隆盛した。その機運に乗ってだろう、狂歌の祖として暁月坊なる人物が措定《そてい》され、江戸時代初期には、その著とされる「暁月坊狂歌酒百首」なるものが出回った。由来に関しては【閲歴】を見ていただきたいが、詳細はまだ不明としても、まとまった酒の歌としては、これは大伴旅人の「讃酒歌」に次ぐ作だと言っていい。

*殿守の朝浄めせで……―殿守

掲出歌は、「波が寄る」の「寄る」から「夜」を引き出し、夜まで飲んだ酔っ払いが千鳥足で歩く姿をからかったもの。洒落が直截《ちょくせつ》的で、品《ひん》のある狂歌とは言いがたいが、この百首には古歌を踏まえた歌も結構多くあって、そこそこ教養ある人士が作った百首だとも思われる。

*殿守《とのもり》の朝浄《あさきよ》めせで飲む酒の酔ひての後《のち》は吐くとこそ聞け

『拾遺集』の藤原公忠《きんただ》の名歌「殿守《とのもり》の伴《とも》の造《みやつこ》心あらばこの春ばかり朝浄《きよ》めすな」を下敷きにしたもの。しかし、「掃く」から「吐く」へと一挙に品を落とすあたりはやはり露悪《ろあく》趣味の方が勝っている。

*夏の夜はまだ酔ひながら冷めぬるは腹《はら》のいづくに酒宿るらむ

これも『古今集』の清原深養父《ふかやぶ》の名歌「夏の夜はまだ宵《よひ》ながら明けぬるを雲のいづこに月宿るらむ」をもじった歌。「宵」を「酔ひ」に転じ、月が宿る原に「腹」を当てているが、「腹のいづくに酒宿るらむ」が、いかにも狂歌そのものといった生《なま》の感じがしていただけない。

しかし、狂歌とはいえ、酒の歌を百首も並べたことは、酒の歌の歴史にとって特筆されて然《しか》るべきであろう。貴族の雅《が》の世界で長く封印されてきた酒の歌は、狂歌という俗の世界からまず解き放され始めたといってよい。

の造どもは落花の掃除をするなと言われて、朝から酒を飲み始めたが、酔っ払ったからには、その後、掃くどころか吐いたと聞いた。

*夏の夜はまだ酔ひながら…—夏の夜は明けやすく、月も宵のうちには沈むというが、せっかくの酒も早く冷めてしまう。一体あの酒は腹のどこに収まったというのか。

【補注】本百首の歌をあと二首ほど挙げておく。

・あな醜《みにく》酒には思ひ増鏡底なる影は猿にかも似る（旅人の讃酒歌中の一首を踏まえ、盃の底に映る自分の顔を猿のようだと卑下した歌。）

・浦島が運び飲みたる酒なれば明けてくやしき二日酔ひかな（浦島伝説に取材し、「運び」に「箱」を掛け、「明け」に「開け」を掛ける。）

18

六根《ろっこん》の罪をも咎《とが》も忘るるは酒に増したる極楽《ごくらく》はなし

伝細川幽斎

【出典】「続江戸砂子《すなご》名跡志」所収「玄旨《げんし》法印、酒の徳をよまれし歌」

人間が生まれながらに有する六根が犯す罪業から逃れられるとしたら、酒に増さるものはない。酒を飲めば正に極楽々々。

【閲歴】出典は享保二年（一七一七）刊、菊岡沾涼《せんりょう》編の地誌。作者を「玄旨《げんし》法印」細川幽斎とするが、もとより道歌《どうか》の徒か狂歌師辺りが仕立てあげた偽作。幽斎は周知のように足利将軍の被官から信長の家臣となり、宮廷作法や文芸の故実に詳しいことから信長に重用されて細川家の祖となった武将。『醒睡笑《せいすいしょう》』や狂歌選集『古今夷曲集《こきんいきょくしゅう》』などにもその行実や頓作《とんさく》がいくつか引用される砕けた人間だったから、この一連の歌の作者に仮託されたものと思われる。

前項の「暁月坊狂歌酒百首」同様、江戸時代前期に「玄旨法印、酒の徳を詠まれし歌」なる道歌《どうか》が一部に出回っていた。*句頭を一から並べた数え歌形式で、この歌はその第六首目。

第一首「一切《いっさい》のその味はひをわけぬれば酒をば不死《ふし》の薬とぞいふ」以下、十まで並び、その後に百と千の歌二首が添えられている。「千」の歌は「千《せん》

【語釈】○六根―人間が持つ眼・耳・鼻・舌・身・意の六つの認識器官。山岳修行者がこの「六根清浄」を唱えて山岳を巡るのは有名。

*句頭を一から並べた―三首目と四首目を掲げる。

秋《しゅう》や万歳《ばんぜい》などと祝へども酒なき時は寂しかりけり」というもの。どれももっともらしくうたっているが、よく読むと平仄《ひょうそく》が整っていず、到底幽斎が詠んだ歌とは思われない。酒が六根の罪も滅する極楽だなどというのは、酒好きの人間のみに通用する勝手な世迷い言《ごと》というべきであろう。

ついでに言えば、『醒睡笑』に見える幽斎の狂歌や、『*古今夷《い》曲《きょく》集』に十五首ほどのっている彼の歌にも酒を話題にしたものはないし、幽斎の純正な和歌を集めた家集『衆妙《しゅうみょう》集』に当ってみても一首もない。幽斎と同時代で、秀吉の正妻寧々《ねね》の実家から出て小浜《おばま》城主にまでなった武家歌人木下長嘯子《ちょうしょうし》の『挙白《きょはく》集』や、幽斎らとも親交した貴族烏丸《からすまる》光広の『黄葉《こうよう》和歌集』などを当っても、酒を詠んだ歌はほとんど見つからない。ここにも彼らが従った二条派和歌の限界が表れていると言わざるをえない。

平安時代この方《かた》、日本の歌から面白い酒の歌が消えたという事実は、結局、古今時代から延々と続いた題詠や本意を重んじる伝統的方法がしからしめた結果かと思えてくる。近世も中期になって古学派《こがくは》が勃興して万葉の自由な古風を再発見するまで、日本の酒の歌にこれというものがなかったということの事実は、意外に重要な意味を含んでいるのではあるまいか。

・三宝の慈悲より起こる酒なればなほも貴く思ひ飲むべし

・四《し》らずして上戸を笑ふ下戸はただ酒酔ひよりもをかしかりけり

*古今夷曲集―生白堂行風《せいはくどうぎょうふう》編の狂歌選集十巻。寛文六年刊。聖徳太子から幽斎・貞徳までの狂歌一千余首を集める。雑部にのる「薄墨につくれる眉のそば顔をよくよく見れば三角《みかど》なりけり」という幽斎の狂歌は有名。秀吉の前で出された薄墨色のそばがきを後陽成天皇の横顔に託《かこ》けてとっさに笑を取った歌。

19

賀茂真淵《かものまぶち》

美《う》飲《ま》らに喫《や》らふる哉《かね》や　一杯《ひとつき》二杯《ふたつき》　楽悦《ゑらゑら》に掌底《たなそこ》拍《う》ち挙《あ》ぐる哉《かね》や　三杯《みつき》四杯《よつき》
言直《ことなほ》し心直《なほ》しもよ　五杯《いつつき》六杯《むつき》　天足《あめた》らし国足《くにた》らすもよ　七杯《ななつき》八杯《やつき》

【出典】文化三年刊「賀茂翁家集」雑下「うま酒の歌」

最初の一杯二杯はおいしく喫《きっ》し、次の三杯四杯で上機嫌になって頬がゆるみ、手拍子でも打ちたくなり、五杯目六目ともなると、言葉も滑らかになり心も真っ直ぐ、そして七杯目八杯目には、もうこの天地のすべてが自分の物になった気分だ、ああ酒よ酒よ。

【閲歴】元禄十年（一六九七）京都賀茂社の末流である浜松の岡部神社の神官の家に生まれる。三十代半ばまで養家先を転々とし、三十七歳頃、京に出て荷田春満《かだのあずままろ》に師事。五十歳の頃、田安家の和学御用掛りとなり、古典研究に専心して、契沖に続いて古学派《こがくは》を確立。その門を屋号県居《あがたい》にちなんで県門《けんもん》といい、楫取魚彦《かとりなひこ》、加藤千蔭《ちかげ》、村田春海《はるみ》、宣長、鵜殿《うどの》余野子ら多くの門下を輩出した。明和六年（一七六九）七十三歳で没。『国意考』『万葉考』『冠辞考』『歌意考』『にひまなび』他、国学関係の著書多数。家集に弟子村田春海《はるみ》編になる『賀茂翁家集』五巻がある。

宣長に一《ひと》世代先だち、荷田春満《あずままろ》に従って*古学《こがく》の道を独自に切り拓いた真淵の晩年の詠。真淵の酒の歌といえば、万葉調を再現した、

【前書】うま酒の歌。
【語釈】○美飲ら―応神紀の

*鳰鳥《にほどり》の葛飾早稲《かつしかわせ》の新《にひ》しぼり酌みつつをれば月傾《かたぶ》きぬ

という歌がよく知られているが、この長歌もまた、「うまら」「かね」「ひとつきふたつき」「えらえらに」といった古語を連ね、およそ類例のないユニークな歌に仕上げている。漢字の当て方は原文の傍字《ぼうじ》によったが、大方の意味は右に示したようなところであろう。「一杯二杯」から始まって最後の「七杯八杯」まで、ツ音のリフレーンを基調に、酒の酔が次第にわが心を大きくしていくシーンを漸層《ぜんそう》的に描き出していて巧みだ。

真淵は若い頃は新古今風の歌を詠んでいたが、人麿や赤人の歌に傾倒していた*田安宗武《むねたけ》の刺戟を受けて、万葉の古風に転じた。この歌も耳馴れぬ万葉語を連ね、古代人だったらいかにもかくあらんかと思わせる我意《がい》のない泰然とした歌になっていて、はるか遠く隔たった古代と近世を歌の中で融即《ゆうそく》させた真淵のしたたかな才を十分に思わせる。厳密にいえば、この歌に汪溢《おういつ》するゆったりした気分は、古代そのままではなく、やはり真淵が生きた十八世紀近世人の太平的な気分からしか生まれないと見るべきなのであろうが、いずれにしてもこの歌が、多くの酒の歌の中でも、酒飲みのゆったりした気分を再現させたという点で記念碑ともなる一首であることは間違いない。

歌謡に見える古語。○喫らふる―古語としては未詳。○一杯二杯―旅人の讃酒歌に「一杯《ひとつき》の酒」とある。杯《つき》は皿形の土器。○楽悦に―万葉歌四二六六に見える歓喜を表す語。○言直し―言葉にくせがなくなり。

*古学―国学に同じ。古事記や万葉などの古典を通し日本の古い精神を明らかにする学問。

*鳰鳥の葛飾早稲の……―「賀茂翁家集」。下総国葛飾でとれた早稲で造った新酒を飲んでいるうちに月が西に沈んだ。九月十三夜に浜町の自邸で歌会を催した時の作。「鳰鳥の葛飾早稲」は万葉歌三三八六に基づく語。

*田安宗武―将軍吉宗の次男で歌人・有職家。御三卿の一田安家を起こした。

20

世の憂さを忘るる酒に酔《ゑ》ひしれて身の愁《うれへ》そふ人もありけり

小沢蘆庵《ろあん》

【出典】文化八年刊「六帖詠草」

世の憂さを忘れようと酒を飲み出して、忘れるどころか酒に酔いしれて、わが身の愁いを一層強める人間もあるのだよ。

【前書】酒。

【語釈】○愁そふ人―自分自身を指す。

【閲歴】享保八年(一七二三)尾張《おわり》犬山藩士の子として大坂に生れる。三十五歳の頃鷹司《たかつかさけ》家の用人となったが、八年後出仕を解かれて致仕《ちし》。冷泉為村の門に入って歌を学び始め、平安四天王の一人に数えられた。晩年は洛東岡崎に隠栖し、秋成や宣長とも交流した。堂上歌壇と真淵派に批判的な態度を取り、作為や技巧を排して心情を詠む「ただごと歌」を主張、弟子香川景樹《かげき》の「調べの説」を準備した。享和元年(一八〇一)七十九歳で没した。歌論に『布留《ふる》の中道』等があり、没後の文化八年に家集『六帖詠草』がまとめられた。

酒は、飲めば飲むほど苦しみや愁いが増すことがある。これは酒につきもののそうした負《ふ》の一面を端的に指摘した歌だ。

岩波古典大系『六帖詠草』の頭註は、「世の苦労を忘れる酒に酔って思慮を失って身の嘆きを加える愚かな者もあることだった」と記し、「酔ひしれて身の愁《うれへ》そふ人」とは、実は自分のことを言ったのだという肝心の注を付していない。これが自分のことを言ったのでなければ、そもそも歌にもならないだろう。蘆庵は、お前さんたちにはこの私がただの酔っぱらいとしか見えないだろうが、人間には酒を飲めば飲むほどかえってより深い愁いに捉われることがあるのだ、そう言いたいのである。この時蘆庵は、*楽天《らくてん》が言う「酒《しゅ》悲《ひ》」という言葉を思い出していたとしても不思議ではない。詞書にただ一語「酒」とあるのもどこか興味深い。

蘆庵はまた、次のような肩肘《かたひじ》張らない歌も詠んでいる。

*鴨《かも》を得ば酒くみかはし琴弾きてあが思《も》ふ君と共に老いなむ

酒の歌ではないが、こんなうがった歌もある。

*いふことは皆心より出でながら心をいはん言の葉ぞなき

蘆庵はこういう複雑深奥なことを軽妙にうたうこともできた。また、死の前日に詠んで図らずも辞世となった歌に、次のようなものもある。

*波の上《へ》を漕ぎ来《く》と思へば磯際《いそぎは》に近くなるらし松の音《お》高し

死を控えているのに何とも静謐《せいひつ》な歌だ。しかし心はなお軽妙である。江戸も後半に入ってくると、こういうふうに気どりがない、自分の心を素直に詠んだ歌もできるようになった。彼が言う「ただごと歌」の実践である。

*楽天が言う「酒悲」―巻末の解説参照。

*鴨を得ば酒くみかはし……―六帖詠草・雑下・誹諧歌。詩経の題「女日鶏鳴」を和歌にしたもの。

*いふことは皆心より……―六条詠草拾遺・雑「心」。言葉はすべて心から出るものだが、肝心のその心そのものを言い表す言葉がないとは皮肉なことだ。

*波の上を漕ぎ来と思へば……―同・秋「文月十日の夕さりつ方詠める」。病が重く熱いというので、家人が寝たまま蘆庵を松が見える縁側近くまで運んだが、蘆庵はそれを舟の乗り心地に見立て、おや岸が近くなったなとうたったもの。蘆庵は生前特に松を好んでいたという。

21

寒くなりぬ今は蛍《ほたる》も光なし金《こがね》の水を誰《たれ》か賜はむ

良寛《りょうかん》

【出典】自筆歌稿「布留散東《ふるさと》」

すっかり寒くなって、この蛍めも光を失いましたわ。誰か黄金《こがね》の水でも賜うてくれまいかのう。

【閲歴】宝暦八年（一七五八）越後出雲崎の名主で神職山本泰雄の家に長男として誕生し、少年時から漢詩などを学ぶ。地元の光照寺で修行して二十二歳で出家、備中玉島の曹洞宗円通寺の国仙和尚のもとに入室。国仙の死後九州・四国を行脚し、寛政七年（一七九五）頃、越後に帰国。四十七歳以降、国上《くがみ》山中の五合庵に居住。老衰後は山麓の乙子神社や島崎に住み、天保二年（一八三一）七十四歳で没した。歌集に自筆遺稿「布留散東《ふるさと》」、晩年の弟子貞心尼が遺稿をまとめた「はちすの露」があり、その他多くの漢詩・歌・遺墨がある。

良寛の自筆遺稿「布留散東《ふるさと》」は、長歌や旋頭歌、短歌からなる全七十一首の小歌集であるが、そのうちの短歌五十首中に「戯歌《げか》二首」としてのる次の二首に続け、この掲出歌がのっている。

草むらの蛍とならば宵々《よひよひ》に金《こがね》の水を妹《いも》賜ふてよ

*身が焼けて夜は蛍とほとれども昼は何ともないとこそすれ

【前書】ぬのこ一此度御返申候。「山田屋およし宛書翰中に見えたる和歌」という別人の注記がある。

【語釈】○蛍―三島郡与板町の豪家山田屋の女中およしが良寛につけた綽名。○金

「蛍」というのは、良寛が懇意にしていた与板町山田屋の女中およしが良寛につけた綽名《あだな》で、「妹《いも》」とはそのおよしのこと。私の事を蛍と呼ぶのなら、毎晩光を発するために「金の水」を恵んでくれないかと甘えた歌である。

掲出歌は、およしが貸してくれた布子《ぬのこ》の返礼に、手紙に添えて贈った歌。冬になって、蛍の私も元気がなくなった、元気づけに誰か酒でも恵んでくれないか、と訴えていて、季節こそ変れ、内容は右の「草むらの蛍とならば」の歌と変りない。「金の水」などと言われては、およしも早速酒を届けざるをえなかったというところか。

このおよしについては、「およしさに詠みて贈る」という詞書のある、

かしましと面《おも》ぶせには言ひしかどこの頃見ねば恋しかりける*

という歌稿が残っている。陽気な女性だったらしく、「妹」と言い、しばらく会わないと寂しいとまで言っていることからすると、良寛は面倒見のいい陽気なこのおよしが気に入っていたようだ。

ともあれ、「布留散東《ふるさと》」の中で酒をうたった歌は、先の「戯歌二首」とこの掲出歌ぐらいしかない*。酒をそれとなく無心するこんなたわいない歌からも、良寛の人なつっこい人柄が偲ばれてくる。

の水―蛍の光に通わせた酒の美称。

*身が焼けて夜は蛍と…―全体の意味が曖昧だが、前の歌によそえると、昼はそう欲しくもないが、夜になると身を火照らす酒が恋しいという意か。

*かしましと面ぶせには…―いつぞやかしましい女だと、あなたが赤面するようなことを言ったが、久しく会わずにいると寂しい感じがする。

*この掲出歌ぐらいしかない―「布留散東《ふるさと》」以外の歌稿には「新室の新室の新室の寿《ほ》ぎ酒に我酔ひにけりその寿ぎ酒に」といった旋頭歌も見える。

22

ほととぎす自由自在に聴く里は酒屋へ三里豆腐屋《とうふや》へ二里

頭の光《つむりひかる》

【出典】文化九年刊宿屋飯盛編「万代狂歌集」二・夏

この広々した田園にいると、ホトトギスをいつどこでも自由勝手に聴けるのが堪《こた》えられないが、惜しむらくは酒屋から三里、つまみの豆腐を買うにも一里も離れているのが難点だ。

【閲歴】本名岸宇右衛門。宝暦四年（一七五四）生れ。日本橋亀井町の町代を勤めた。奇警な着想で知られ、蜀山人が筆を折った後、文政期には宿屋飯盛《やどやのめしもり》・鹿都部真顔《しかつべのまがお》・馬場金埓《きんらち》と並ぶ狂歌四天王の一人に数えられた。寛政八年（一七九六）、四十三歳で早逝した。

【前書】ほととぎす。

趣きを変え、狂歌師の酒の歌を二首取り上げる。先に江戸前期頃のものと思われる「暁月坊狂歌酒百首」を瞥見《べっけん》したが、狂歌は十八世紀後半の天明期になって、蜀山人や宿屋飯盛などを輩出して大流行した。右の歌は、

*月みても更に悲しくなかりけり世界の人の秋と思へば

*この者は花の春へと急ぎ候《そろ》お通しなされ年《とし》の関守

*月みても更に悲しく…――「古今集」大江千里の名歌「月見れば千々に物こそ悲しけれわが身一つの秋にはあらねど」をひっくり返し

*見渡せば淡雪花火《あはゆきはなび》橋の月値《あたい》千万両国《りやうごく》の景

といった人を喰う突飛《とつぴ》な発想を持ち味とした頭《つむり》の光《ひかる》の一首である。

初夏にホトトギスを待つ営為を詠んだ歌は、古来掃いて捨てるほどあるが、大半は期待を裏切られて終るのが落ち。それを揶揄《やゆ》して、なにホトトギスなんていつどこでだって聴けるよと人を驚かせておいて、下句で、でも酒が飲めないのがねエ、とつい本音を明かしたところがミソである。

この歌を、江戸市中に比べ酒も飲めない田舎生活の不便さを託《かこ》った歌と読*む解もある。しかし「自由自在」という漢語や、下句「酒屋へ三里豆腐屋《とうふや》へ二里」辺りには、晩唐の詩人杜牧《とぼく》が「*水村山郭酒旗ノ風」とうたった中国江南の地の、水村山郭に翻る酒屋の旗を髣髴《ほうふつ》とさせ、大陸的なゆったりした風趣を誘引するものがあって、田舎暮しの不自由を訴えたものとは取れない。

ちなみに明治の与謝野晶子に、この頭《つむり》の句を取った、

*ほととぎす嵯峨《さが》へは一里京へ三里水の清滝《きよたき》夜の明けやすき

という、嵐山の西北清滝川辺の雅趣に満ちた夜陰の美しさをうたった歌がある。少なくとも晶子は、頭《つむり》の「酒屋へ三里豆腐屋《とうふや》へ二里」という興趣を田舎生活の否定とは解していなかった。

たもの。

*この者は花の春へ……——謡曲の、登場人物が最初に自分の名乗りを告げる台詞を借りて、年の関守に自己紹介をさせた歌。

*見渡せば淡雪花火……——江戸両国橋の名物三種を「千万両」の「両」と「両国橋」の「両」に掛けて自慢したもの。

*読む解——昭和六十三年學燈社刊『日本名歌集成』の中野三敏氏解説。

*水村山郭酒旗ノ風——杜牧「江南ノ春」。前二行は「千里鶯鳴イテ緑紅ニ映ズ／水村山郭酒旗ノ風」。服部嵐雪もこの詩句をそのまま取って「沙魚《はぜ》釣るや水村山郭酒旗の風」（玄峯集）と詠んでいる。

*ほととぎす嵯峨へは一里……——明治三十四年四月「明星」十三号。

23

照る月の鏡を抜いて樽枕《たるまくら》雪もこんこん花もさけさけ

四方赤良《よものあから》（蜀山人大田南畝《なんぽ》）

【出典】「をみなへし」。後「蜀山百首」雑に採録。

鏡の如き満月の下で新しい酒樽の蓋を抜く。酔っ払ってその樽を枕に気持よく寝る。月のついでに、雪も降ってこいこい桜も咲け、そうなればもう最高！

【閲歴】寛延二年（一七四九）、江戸牛込《うしごめ》に下級幕臣の子として誕生。本名大田南畝。父の後を継いで御徒士《おかち》となり、以後幕臣として五十余年を送る。二十六歳頃から狂歌に手を染める一方、二十八歳の時に書いた『寝惚《ねぼけ》先生文集』が評判を取って狂詩や洒落本《しゃれぼん》も手がけた。天明三年に出した狂歌選集『万載狂歌集』が当って、天明調狂歌の頭目株となったが、寛政の改革批判の嫌疑を掛けられるのを恐れ、三十九歳から十年間筆を断った。晩年再び狂歌に復帰し、文政六年（一八二三）、七十五歳で世を去った。四方赤良、蜀山人は南畝の狂歌号である。

狂歌の雄蜀山人《しょくさんじん》の歌から一首。狂歌を訳してもあまり意味がないが、しいて訳せば右のようなところか。月の鏡とは満月、また鏡割《かがみわ》りという語があるように、鏡には酒樽《さかだる》の蓋《ふた》という意味がある。枕にするくらいだから大きな樽ではあるまい。「雪もこんこん花もさけさけ」と、浮かれ気分を示す句を後半に置いたのも伸び伸びしていていい。勿論「さけさけ」に「酒酒」を暗

【前書】肴ヲ喰ラヒ酒ヲ飲ンデ肘ヲ曲ゲテ枕ス。楽《らく》マタソノ中ニアリ。

【語釈】○鏡―酒樽の蓋を鏡といい、満月を意味する月の鏡に掛ける。○樽枕―空になった樽を枕に寝る。○

示し、余韻も残している。さすがに蜀山というべきだろう。酒の友である雪《せっ》月花《げっか》をすべて詠みこんで、しかも酒への愛がちゃんと通っている。

同じ「蜀山百首」にのる酒の歌をもう一首。

三水《さんずい》に日読みの酉《とり》の市ながら芋掘り僧都《そうづ》なきにしもあらず

東京下谷《したや》の鷲《おおとり》神社で行われる酉《とり》の市の賑いを当て込んでやってくる大寺の色坊主を諷した歌だ。一見「酒」の語がみえないが、「酒」の字を偏と旁《つくり》に分けると「氵」と「酉」になることから、古くから酒のことを「三水《さんずい》の鳥」とも称してきた。酉の市では、熊手《くまで》と並んで唐芋《からいも》も売られている。「芋掘り坊主」にはしがない坊主という意味の他に、色坊主という意味もある。神社で行われる酉の市の賑いに、キョロキョロと女を物色《ぶっしょく》している大寺の僧都を点綴したところがミソ。

ちなみに、他の狂歌師の歌から「三水の鳥」を詠んだ歌を一首。

*とつくりと語る間《あひだ》も夏の夜に早《は》や三水《さんずい》の鶏《とり》ぞ鳴くなる

こちらは「とっくり」と「三水の鶏」の掛詞を軸に、酒の歌と恋の歌を同時に成立させた手の混んだ歌である。「三水」の歌としては、あるいはこちらの方が蜀山の歌より勝っているかも知れない。

雪もこんこん――「こんこん」という擬態語に「来ん来ん」を掛ける。

＊とつくりと語る間も……――「徳和歌後万載集」九・恋下「寄酒恋」柳直成《すぐなり》。夜、女性とじっくり恋を語っている間にもう鶏が朝を告げた、という恋の歌に、酒呑みが徳利を傾けて酒を飲んでいたらもう酒が無くなったという意味を掛ける。

【補説】蜀山人の酒の歌には「世の中は色と酒とが敵《かたき》なりどふぞ敵にめぐりあいたい」というとんでもない歌もあるが、「蜀山百首」には「竜田山去年《こぞ》の枝折《しをり》は林間に酒あたためて知れぬ紅葉ば」といった白楽天の句を利用した洒落た歌や「雀どもお宿はどこか知らねどもちょっちょとござれ酒《ささ》の相手に」というかわいらしい歌もある。

24

美酒《うまざけ》に我酔《ゑ》ひにけり頭《かしら》酔《ゑ》ひ手酔《ゑ》ひ足酔《ゑ》ひ我酔《ゑ》ひにけり

清水浜臣《はまおみ》

【出典】文政十二年刊「泊洦舎集《さざなみのや》」

この甘酒《うまざけ》に私はもう酔ったよ。頭が酔い、手が酔い、ついに足も酔っ払った。ああ酔った酔った。

【閲歴】江戸後期の国学者。安永五年（一七七六）江戸に生れる。家業である医者の家を継いだが、早くから歌を好んで真淵《まぶち》門の俊英村田春海《はるみ》に入門、もっぱら歌文に専心した。松平定信ら諸侯にも知遇を得、また加藤千蔭《ちかげ》とも親交があった。県門を奨励した「泊洦《さざなみ》筆話」や歌文集『泊洦舎文藻』『泊洦舎集』がある。文政七年（一八二四）没、四十九歳。

浜臣の評判の歌に、眼前の風景を自己の感覚のままに写し取った、

*釣《つり》の糸にふく夕風のすゑ見えて入日《いりひ》さびしき秋の川面《かはづら》

という歌があるが、浜臣の和歌には、伝統的な約束事には頓着しない自由清新なところがある。

この「美酒の」の歌の滞りのないリズム感も類例がない。言っていること

【語釈】○美酒―万葉の古語「甘酒《うまざけ》」にもとづく読み。

*釣の糸にふく夕風の…―文政十二年刊『泊洦舎集』。

は「酔った酔った」という単純な事実に過ぎないが、「我酔ひにけり」という句を頭と尻に置き、その間に「頭《かしら》酔ひ手酔ひ足酔ひ」と置いて、「酔ひ」を都合五回も詠み込んでいる単純率直さが、近世的な心よいリズムを生み出した理由である。同時にこの心よいリズムは、「*とうとうたらりとうたらり」という田楽《でんがく》舞や能の翁がうたう中世舞の詞章や所作を髣髴《ほうふつ》とさせる。実際のところ、この歌の第四句「手酔ひ足酔ひ」は、鎌倉時代の古歌謡「*堅塩《かたしほ》やエカセニクハヒタルメサケ手酔《ゑ》ひ足酔ひ我醜《しこ》にけり」（*拾介抄《しゅうがいしょう》所引）の歌句を取り入れて作ったものだから、ここから中世的な手振り足ぶりを看取したとしてもあながち飛躍とはいえない。

こうした悠揚然としたリズムは、近代短歌の世界ではもう生れにくくなる。吉井勇《いさむ》の『酒ほがひ』に「わが胸の鼓《つづみ》のひびきたうたうたうたらりたうたらり酔えば悲しき」という右にあげた「とうとうたらり」という句を取り入れた一首があるが、勇の歌には近代人の孤独な影が否応《いやおう》もなく見え隠れしていて、浜臣の歌のようなゆったりとした感覚からは遠い。真淵の流れを承ける古学派の万葉調には、単なる万葉帰りではなく、近世という時代の明るい空気を伝える歌も生れていたのだと思うと、改めて学ぶことが多い。

*とうとうたらり―01で見た「たふとこり」という古代語に関係があろう。

*堅塩やエカセニクハヒ…―「拾介抄」に「夜行夜途中歌」としてのる古歌謡。「エカセニクハヒ」と「タルメサケ」が意味不明だが、堅塩は「梁塵秘抄」に「居よ居よ蜻蛉《とうばう》、堅塩参らん…」などと見える荒塩の固まり。憶良の「貧窮問答歌」にもあった。「タルメサケ」は「垂目裂け」か。全体は、夜道の道中、堅塩を囓りながら酒を飲んで歩くうちに酔って目がどろんとなり、手や足も効かなくなり身体がぐにゃぐにゃになった（醜にけり）といった意味であろう。

*拾介抄―鎌倉時代中期の洞《とう》院公賢《いんきんかた》が編んだ百科事典。

25

杯《さかづき》に散り来《こ》もみぢ葉《ば》みやび男《を》の飲む杯に散り来《こ》もみぢ葉

平賀元義《ひらがもとよし》

【出典】大正十四年刊「平賀元義集」

もみじ葉よ、この盃の中に散ってこい。お前を見にやってきた風流男の心を受けて、この盃に散ってこい。

【閲歴】江戸末期の国学者・歌人。寛政十二年（一八〇〇）、備前岡山藩士平尾長春の長男として生まれる。三十三歳で藩籍を棄てて諸国を放浪し、美作《みまさか》に「楯之舎塾《たてのやじゆく》」を開いた。真淵を信奉して、万葉調の歌を得意としたが、本人は和歌は余技を自認していた。慶応元年没、六十六歳。没後子規によって推奨され、家集は明治期以降になって編まれた。

【語釈】○みやび男―雅び男。風流を愛する男。紅葉狩りにやってきた自分を「みやび男」と気どった。

リズムは、前の浜臣の歌に似たところがある。「散り来もみぢ葉」という幼児語のような句も楽しいが、その句で「みやび男の飲む杯に」という中間句をサンドイッチにしている点もそうだ。そしてこの歌の要《かなめ》は、実はその「みやび男の飲む杯」の部分にこそあるだろう。

いうまでもなく、盃に梅の花や桃、桜、菊といった花弁を浮かべて飲むのは、雅《みやび》を愛する貴族の古くからの伝統だった。それを元義は、*紅葉を散らして飲もうというのである。しかも舞い落ちる紅葉を盃に受けたいらしい。そんなことは無理に決まっているが、しかし、その無理をあえて歌うところに近世人らしい遊びがある。元武士で歌を余技と呼んで憚らなかった元義らしい*ダンディズムといっていいのだろう。では次の歌はどうか。

　*天照《あまてらす》皇《すめら》御神《みかみ》も酒に酔ひて吐き散らすをば許し給ひき

　末句の「許し給ひき」というのは、02でも触れた『古事記』の、天照《あまてらす》大神《おおみかみ》と須佐之男命《すさのおのみこと》の誓約《うけい》の段で、須佐之男が「大嘗《おほにへ》を聞しめす殿に屎《くそ》まり散ら」したのを天照が「屎《くそ》なすは酔ひて吐き散らすとこそ」と取りなした話を指している。元義がただ単に神話をテーマにしてうたったとは思えないから、自分あるいは誰かが酒に酔って汚物を吐く粗相《そそう》をした時に「あの天照大神だってゲロを吐いた須佐之男命を許したじゃないか」などと言い訳でもした歌かと思われる。古典を楯《たて》にするのも元義のダンディズムであろう。

　浜臣の歌といいこの元義の歌といい、彼ら江戸後期歌人の歌には、伝統的な約束事から離れた、やがて来る近代の開明的で自由な香りを早くも漂わせているような印象がある。次にみる橘曙覧《あけみ》の歌などは特にそうである。

*紅葉を散らして──紅葉を浮かべて飲むという行為は余り歌には見ないが、謡曲「紅葉狩」の始めに鬼神が扮した上臈が紅葉の下で酒宴を張っている場面がある。

*ダンディズム──しゃれ好み。派手好み。

*天照皇御神も……──平賀元義集所収。

26

とくとく垂《た》りくる酒のなり瓢《ひさご》嬉しき音をさするものかな

橘　曙覧《たちばなあけみ》

【出典】明治十一年刊「志濃夫廼舎《しのぶのや》歌集」第一集松籟草《まつあらしぐさ》

たっぷりと酒が入った瓢箪《ひょうたん》から、とくとくという音をして酒がしたたってくる。なんという嬉しい音だ。

【閲歴】文化九年（一八一二）、越前福井の旧家正玄家に生まれる。幼少年時に父母を失って僧門を志したが、やがて文事に目覚め、宣長の弟子田中大秀に入門。三十五歳で家督を弟に譲って隠栖した。勤王の志が強く、和歌では真淵の万葉ぶりを慕った。詩才は自由闊達で、日常茶飯事を好んでうたった。号「志濃夫廼舎《しのぶのや》」は藩主松平春嶽《しゅんがく》から賜ったもの。生前に歌集はなく、『志濃夫廼舎《しのぶのや》歌集』は死後に編纂されたものである。慶応四年（一八六八）五十六歳で死去。

『志濃夫廼舎《しのぶのや》歌集』に「酒人《さかびと》」とある歌。瓢箪《ひょうたん》を傾ける時の「とくとく」という魅惑的な音をこんなに単純に詠みこんだ歌も珍しい。明治の酒人《さかびと》若山牧水の歌に酒の音を「たぽたぽと」*と詠んだものがあるが、これは「樽」に当たる酒の音。酒好きの人間なら、この「とくとく」という音がどんなにぞくぞくする音であるかはよく知っている。酒飲みにとっては、この音は、い

【前書】酒人。
【語釈】○なり瓢―夕顔や瓢箪の果実。ここは瓢箪の実を乾燥させて酒器にした瓢箪。「なり」に「鳴り」を利かす。

＊「たぽたぽと」と詠んだも

わば酒を飲む前の心を高ぶらせる一種のファンファーレのようなものだ。それを「嬉しき音」というさらりとした言葉で言い流しているところに、曙覧の泰然とした態度がある。

実際、曙覧の酒の歌はどれもやさしく、およそ知を気どる衒学的《げんがくてき》な厭味《いやみ》といったものがない。

暖むる酒のにほひにほだされて今日も家路《いへじ》をたそがれにしつ

顔をさへ紅葉に染めて山踏みの帰さに来《き》よる人のうるささ

米の泉《いずみ》なほ足らずけり歌をよみ文《ふみ》を作りて売り歩けども

最初の歌は、黄昏《たそがれ》時になると、暖めた酒の匂いが恋しくなって今日もいそいそとわが家に帰ってくるという意。二首目は、紅葉見物の帰りに立ち寄ったうるさい酔客をたしなめた歌。「帰さに来よる」の「来よる」の軽みがいい。三首目、酒のことを「米の泉」と称したのも洒落《しゃれ》ているが、後半、歌文を売っても酒代にはなかなか追い付かないと呑気に主張している裏には、隠栖後の曙覧が、揮毫《きごう》などによってなんとか生計を維持していた清貧生活の姿がほの見えている。曙覧といえば誰でも思い出すのは、全歌を「楽しみは……の時」で統一した「独楽吟《どくらくぎん》」の五十二首の連作であるが、これらの歌も「独楽吟《どくらくぎん》」

の—「たぽたぽと樽に満ちたる酒は鳴る寂しき心うちつれて鳴る」。第四歌集「路上」所収。牧水はこの歌にすぐ続け、「酒樽をかかへて耳のほとりにて音をさせつつをどるあはれさ」と詠んでいる。

のすぐ隣りに位置しているといってよい。
「独楽吟」は「*楽しみは草の庵の莚敷《むしろしき》ひとり心を静めをる時」で始まる一大歌群で、大方は「*楽しみは珍しき書《ふみ》人に借り始め一《ひと》ひら拡げたる時」「*楽しみは百日《ももか》ひねれど成らぬ歌のふと面白く出で来ぬる時」「*楽しみは門《かど》売り歩く魚《うを》買ひて煮る鍋の香《か》を鼻に嗅ぐ時」といった日常生活にふと訪れる愉悦《ゆえつ》の一時《ひととき》をうたった歌でなっているが、この中には当然ながら酒の歌も三首ほど顔を覗かせている。

楽しみは雪降る夜《よ》さり酒の糟《かす》あぶりて食ひて火に当たる時

楽しみはとぼしきままに人集め酒飲め物を喰へといふ時

楽しみは客人《まらうど》えたる折しもあれ瓢《ひさご》に酒のありあへる時

ちゃんとした酒肴《しゅこう》もなく、わずかに得た薄い酒糟をかじってホクホクとする無邪気さ。清貧の中でたまに歌友を呼んでささやかな宴を張ることができた喜び。友を持てなすために酒がないかと探したら、瓢にまだ少し残っていたことに気づいた時の嬉しさ。これらは、貧乏暮らしの中でたまたまあり合せた酒に対する隔意《かくい》のない感謝をうたった歌だといっていいだろう。「とくとくと」の歌に比べ、これらの歌はより具象的で、ほのぼのとした生活の味

*楽しみは草の庵の……──「志《し》濃夫廼舎《のぶのや》歌集」第三集春明《はるあけ》艸《ぐさ》。

*楽しみは珍しき書……──同。楽しみは、なかなか手に入らなかった書をようやく借りることができて、最初の一枚を開けた時。

*楽しみは百日ひねれど……──同。楽しみは、百日間かけてもいい歌を思いつかなかったのに、ある瞬間にふっと思い浮かんだ時。

*楽しみは門売り歩く……──同。楽しみは、門前を通る行商からいい魚を買って鍋にぐつぐつ煮て、その匂いがふっと鼻に漂ってきた時。

がよくにじみ出ている。

　曙覧がかなりの酒好きであったことは間違いない。しかしこういう歌を見ると、彼は、酒に溺れ、酒に飲まれるようなことはついぞなかったのではあるまいかと思われる。酒が与えてくれる恩寵《おんちょう》を、曙覧ほど感謝をこめて衒《てら》いなくうたった人はなかった。

　幕末のどんづまりに生きた曙覧は、慶応四年八月、明治に改元される直前にこの世を去った。そういう意味では彼は江戸最後の歌人と言っていいのだろう。比喩的にいえばその歌は、江戸という太平の世が最後につむぎ出した暢達無碍《ちょうたつむげ》の歌に他ならなかった。そして*既成の和歌規範に捉われぬその歌は、やがて短歌革新ののろしをあげた*正岡子規に見出されて、俄然脚光を浴びることになる。子規にとって曙覧は、自分のすぐ前にいて、自分と同じ主張をいち早く実践した歌人として範とするに足る大先達だったに違いない。

　次項から明治に入るが、残念ながら近代になると、曙覧がうたったようなおおらかな歌はもう詠もうにも詠めなくなる。酒は恩寵をもたらす存在ではなく、もっぱら集団から疎外された個人の内面を慰撫《いぶ》するものとなっていく。それがいいのか悪いのかは分らないとしても。


*既成の和歌規範に捉われぬその歌――「独楽吟」の中には「楽しみは銭なくなりてわびをるに人の来りて銭くれし時」というあけすけな歌もある。兼好の言う三友の一「物くれる友」を思い出させるが、原稿料の報酬か何かであろう。

*正岡子規に見出されて――明治三十二年の三月から四月にかけて子規は「日本新聞」に「曙覧の歌」を連載し、曙覧の歌を称揚した。

27

世の人はさかしらをすと酒のみぬあれは柿《かき》食ひて猿《さる》にかも似る

正岡子規《しき》

【出典】明治三十七年刊「竹の里歌」病床手記

世間の人は、賢ぶろうとして酒を飲むようだが、さしずめ酒も飲めず、柿を喰らって喜んでいる自分は、猿と言うところだね。

【閲歴】慶応三年（一八六七）、愛媛県松山市に生れる。上京後、陸羯南《くがかつなん》の雑誌「日本」等を背景に月並俳句を指弾する俳句革新運動を起こし、引き続いて古今集の亜流に堕する歌人を攻撃する短歌革新運動に邁進。詩における「写生」と散文における「写生文」の主張を展開し、万葉集を重んじた。短歌では伊藤左千夫や長塚節《たかし》を育てて後の「アララギ」隆盛の基礎を築いた。明治三十五年（一九〇二）、三十六歳で没した。『竹の里歌』は没後に土屋文明らによって発行された歌集。

子規の好物が柿であったことは夙《つと》に知られている。明治三十年十月、京都の*天田愚庵《あまたぐあん》から柿と松茸《まつたけ》を贈られた子規は、俳句三句を記した葉書を送り、引き続いて短歌六首の礼状を送った。これはその中の一首。死の四年前、三十一歳の時の作である。

これが、08で見た大伴旅人の「あな醜賢《みにくさか》しらをすと酒飲まぬ人をよく見れ

【語釈】○さかしらをすと酒のみぬ……08参照。○あれ―「我」の古語。

*天田愚庵―子規と交遊があった福島磐城《いわき》出身の歌人天田五郎。この頃は出家して鉄眼と名のり京都に住ん

ば猿《さる》にかも似る」という歌を踏まえたものであることは間違いない。愚庵に対し、世間の偉そうな連中からすれば、酒を飲まずに柿なぞにむしゃぶりつく自分はさしずめ、旅人がいう猿みたいなものでしょうと、あえて自分を戯画化して返礼したのである。

子規は何でも歌にしたが、もともとは大食漢として知られていて、食物の歌が多い。しかし酒の歌はほとんど詠まなかった*。同じ頃の歌に「夜をこめて物書く業《わざ》のくたびれに火を吹きおこし茶を飲みにけり*」というのがあって、子規の場合は酒の代りに茶を飲むのである。しかもこの頃はすでに三度の喀《かっ》血《けつ》を経験して病床に伏し、酒は禁じられていた。しかし本人の意気はなお旺盛で、この年旧派歌人を痛烈に攻撃した「歌よみに与ふる書*」を発表、根岸《ねぎし》短歌会*を起こしたのは翌三十一年のことである。

この歌から、病床から世間を斜めに見ざるをえない子規のいらだちを見て取ることも可能だが、多分子規にはいらだちなどあるまい。思ったことは何でもずけずけ言い、自分の号を血を吐く子規《ほととぎす》*だと名づけて平気な子規のことだから、自分を猿だというこの自嘲も案外あっけらかんとした覚悟の上、おそらくニヤニヤしつつ書いたのではあるまいか。

でいた。

*ほとんど詠まなかった—岩波文庫「子規歌集」にのる八百四十首のうち、見舞いにきた伊藤左千夫と岡麓に酒を勧めた歌と、正月に屠蘇を飲んだという歌程度。
*夜をこめて物書く…—「竹の里歌」所収。
*歌よみに与ふる書—雑誌「日本」に十回に渡って掲載された。
*根岸短歌会—子規が三十一年以降、根岸の自邸に香取秀真や岡麓ら門下の歌人を糾合して開催した短歌会。
*血を吐く子規—蘆花の小説「不如帰《ほととぎす》」も結核で血を吐く主人公を意味する。

28

酒をあげて地に問ふ誰《たれ》か悲歌《ひか》の友ぞ二十万年この酒冷えぬ

与謝野鉄幹《よさのてっかん》

【出典】明治三十四年四月刊「紫」

盃を高く掲げて大地に問う、この私がうたう悲歌に涙する友はいないかと。しかし誰も答えはしない。ああ、酒は二十万年たっても冷えたままだ。

明治三十三年『明星』を創刊した鉄幹《てっかん》が、翌三十四年『鉄幹子《てっかんし》』に引き続いて刊行した詩歌集『紫』にのせた一首。「悲歌」とはエレジーとも置き換えられる語。表現が性急で分りにくい所があるが、酒杯を高く掲げてうたっても、今や自分の悲しい悲歌に涙してくれる者はいない、男の心を熱く鼓舞してきた酒は、二十万年冷えたままだ、といった意味であろう。

【閲歴】明治六年（一八七三）、京都府岡崎の浄土宗寺院に生れる。本名寛《ひろし》。二十歳で上京し、落合直文の「あさ香社」に参加。二十七年、当時の主流であった桂園派《けいえんは》歌人を攻撃した歌論「亡国の音」を発表し、二十九年、最初の詩歌集『東西南北』を刊行して丈夫調《ますらおちょう》をうたいあげる。三十二年「新詩社」を起こし、翌年『明星《みょうじょう》』を創刊。以後『明星』は浪漫主義短歌の牙城として、与謝野晶子、山川登美子、石川啄木、吉井勇、窪田空穂、高村光太郎ら多くの明星派歌人を輩出した。結婚した妻晶子とともにその後も作歌生活にいそしみ、昭和十年（一九三五）六十二歳で没した。

【語釈】○酒をあげて―乾杯の盃を揚げるなどの「揚げる」であろう。○二十万年―鉄幹の歌には他にも「十二万」とうたった歌がある。鉄幹好みの勇壮語。

鉄幹は鳳晶子《ほうあきこ》と恋に落ちて、最初の詩歌集『東西南北』の苛烈な*丈夫《ますらお》調から*浪漫的な色彩の濃い歌風へ展開したとされる。この歌も、「地に問ふ」「二十万年」という大上段な言葉の裏に隠れているのは、「誰か悲歌の友ぞ」という慨嘆である。この年、右翼系結社による怪文書「照《しょう》魔《ま》鏡《きょう》第一」に自分が魔のトップに名指しされることがあって、相当落ち込んでいたらしいが、あるいはそのことによる絶望が彼をしてこう叫ばせたのかもしれない。

いずれにせよ、この酒は、居酒屋辺りで我々の心を濾過《ろか》してくれるぬくもりに満ちた酒とはいえない。盃を揚げてうたう悲歌とは一体どんなものか。盃を揚げていくら自分の不幸をうたっても人は同情などはしないから、これは悲歌といっても、世の腐敗を慨嘆する壮士《そうし》の悲歌であろうか。

酒には確かに乾杯の酒や出陣時における酒など、景気づけの酒もある。これまでに見てきた例には、そうした果敢な姿勢で詠まれたものはなかった。そういう意味ではこれはいかにも鉄幹らしい歌といっていいが、どうも我々にとってはこういう威勢のいい歌は馴染みにくい。鉄幹にとっての酒は、万人に開かれた酒、あるいは内面に向かう孤の酒ではなく、丈夫《もののふ》にのみ選別された特権的な酒であったのかも知れない。

*丈夫調―大丈夫たる男子の意気を高らかにうたいあげた歌。「いたづらに何をか言はむ事はただこの刀にありこの太刀に」「歌千首かきて蔵《あつ》めし韓山《からやま》をまた行くまで虎や守るらむ」など。剣や虎を詠んだ歌が多かったから「虎剣調」とも揶揄された。

*浪漫的な色彩の濃い歌風―「紫」の冒頭を飾る有名な「われ男《を》の子意気の子名の子つるぎの子詩の子恋の子ああ悶えの子」や「そや理想こや運命の別れ路に白きすみれをあはれと泣く身」など。

29

かくまでも心のこるはなにならむ紅《あか》き薔薇《さうび》か酒かそなたか

北原白秋

【出典】大正二年刊『桐の花』銀笛愛慕調Ⅰ春・十六

こんなにまでいつまでも跡を引く思いは何なのであろうか。紅《あか》き薔薇《さうび》か、洋酒か、それともソナタか、あの人か。

【前書】夜会のあと。

【語釈】○酒―洋酒。○そなた―室内楽曲ソナタと、対象語「其方」を掛ける。

【閲歴】明治十八年（一八八五）、福岡県現柳川《やながわ》市に醸造家の長男として生れる。中学時代から歌才を発揮し、明治四十一年、二十五歳で出した詩集『邪宗門《じゃしゅうもん》』の清新な南蛮趣味で脚光を浴び、耽美主義詩人の仲間入りをする。四十五年、姦通罪で一時俘囚の身となり、大正二年にその思い出をも含めた都会的な感覚と官能の汪溢した第一歌集『桐の花』を刊行。また創作童謡や創作民謡でも活躍、後年は日本風の沈潜した静寂美の世界に独自な展開を示した。昭和十七年（一九四二）五十八歳で没す。

柳川の酒蔵家の長男に生れながら、白秋は日本酒の歌を残さなかった。この歌の「酒」も洋酒と見るべきである。初出誌は未詳であるが、『桐の花』巻頭近くの歌はほとんど明治四十二年の『スバル』に掲載された歌だから、同じ頃の作と見ていい。この歌の前後に見える酒もすべて洋酒である。

やはらかき悲しみ来たるジンの酒とりて含めば悲しみ来たる

ウイスキーの強く悲しき口あたりそれにもまして春の暮れゆく
悲しげに春の小鳥も啼き過ぎぬ赤きセエリーを君と鳴らさむ
フラスコに青きリキユールさしよせて寝ればよしなや月さしにけり

掲出歌の前書に「夜会」とあるのは有名な「パンの会」*の集まりであろう。テーブルを飾っていた真っ赤な薔薇、ほろよい気分を残す洋酒、店内に流れていたソナタの曲、笑いさざめいていた女給あるいは友の影、影。こうした一片の小歌《しょうか》でも、*視覚や嗅覚、聴覚などの感覚を総動員して、周囲の卑小な現実に異国情緒を重ねてうたう白秋の面目はちゃんと覗いている。パンの会時代の自分の姿を、印象派風の絵の中に写し取った愛すべき小品と言えるが、洋酒が並ぶ宴席の光景を日常の一点景としてうたったこんな歌も珍しい。

42で見る塚本邦雄《つかもとくにお》が詠む酒もほとんど洋酒であるが、白秋にとっても、日本人の猥雑《わいざつ》な精神的持たれ合いを強要する日本酒は、どうやら自己の鋭敏な感覚を減殺《げんさい》するものとして忌避《きひ》すべきものであったようだ。白秋にとっての酒は、牧水《ぼくすい》や吉井勇におけるそれのようなほとんど体質同然といえる存在でも、啄木のように内面の孤独を癒《いや》す存在でもなく、あくまでも自己の感覚に香気を添える一種の幻想装飾品《アクセサリー》とでも言うべきものだったと思われる。

*パンの会―明治末期に反自然主義の耽美主義を標榜する詩人や作家、画家などが造った文芸グループ。パンはギリシャ神話の半獣の牧神。木下杢太郎や白秋、吉井勇、上田敏、時には永井荷風や高村光太郎らが参加し、隅田川をパリのセーヌ河に見立て、日本橋界隈の三州屋や鴻の巣といった酒楼に集って歓楽を尽くした。

*視覚や嗅覚、聴覚などの感覚を……白秋の代表歌である「春の鳥な鳴きそ鳴きそあかあかと外《と》の面《も》の草に日の入る夕」「君かへす朝の舗石《しきいし》さくさくと雪よ林檎《りんご》の香のごとくふれ」「病める児《こ》はハモニカを吹き夜に入りぬもろこし畑《ばた》の黄なる月の出」などに見える白秋に特徴的な感覚表現。

30

白玉《しらたま》の歯にしみとほる秋の夜《よ》は酒はしづかに飲むべかりけれ

若山牧水《ぼくすい》

【出典】明治四十四年九月刊第四歌集「路上」

白玉がひんやりと歯にしみ通るように感じるこんな秋の夜は、やはり酒は一人で飲むものであるなあ。

【閲歴】明治十八年（一八八五）宮崎県東臼杵《うすき》郡東郷村に生れる。本名若山繁《しげる》。延岡中学の時代から短歌や文章を創作。早稲田大学在学中に尾上柴舟《さいしゅう》に師事し、前田夕暮、三木露風らと「車前草《おおばこ》社」を結成。四十一年第一歌集『海の声』を自費出版。四十四年「創作社」を主催。自らの内面を分りやすく透明な言葉でつづり、自然主義に随伴しつつ、奥行きに満ちた生の情感を独自な歌風でうたった。『海の声』以下『別離』『路上』など生涯に十五の歌集を残し、昭和三年（一九二八）四十三歳で没した。妻に歌人の若山喜志子がいる。

若い頃から酒仙《しゆせん》と呆《あき》れられた牧水《ぼくすい》の数ある酒の歌の中でも、最もよく愛唱されてきた一首であろう。牧水といえばやはりこの歌を逸するわけにはいかない。三句を「秋の夜の」、五句を「飲むべかりけり」とする本もあるが、やはりこの最終の形がいい。牧水二十七歳のときの絶唱。

前書《まえがき》に「九月初めより十一月半ばまで信濃国浅間山《あさまやま》の麓に遊べり。歌九十

【前書】本文に示した。
【語釈】○白玉—挽《ひ》いたもち米をさらした純白の白玉粉で作った団子。○べかりけれ—べきであるなあ。「べかりけり」より詠嘆の度が強い。

六首」とあるうちの一首。信州小諸《こもろ》の田村病院の二階で一人酒を飲んだ時の歌という。「白玉の歯にしみとほる秋の夜」という透き通った上句と、「酒はしづかに飲むべかりけれ」という下句の間に特に因果関係はないが、その上下が、見えない秋の冷気の中で見事に響き合っていて、酒を飲めぬ人でも、こういう酒なら飲んでみようかという気になる磁力がある。

玲瓏《れいろう》とした空気に冷えを感じる秋の夜は、酒が一段とうまくなる季節である。長塚節《たかし》に「*馬追虫《うまおひ》の髭《ひげ》もそよろに来る秋はまなこを閉ぢて想ひ見るべし」という、この牧水の歌に引けを取らない秋の歌があるが、それを酒という人間くさい対象で包んだところにより深妙な呼吸がある。長い酒の歌の歴史の中によくもこういう歌が生れたなあと感謝したくもなり、歌自体が銘酒《めいしゅ》そのものという思いにもなる。

もっとも三百首に及ぶ牧水の酒の歌の中でも、さすがにこんな歌は稀《まれ》である。次にあと一首、これに匹敵する強い印象を与える歌をあげておこう。

*さびしさのとけてながれてさかづきの酒となるころふりいでし雪

上句の「さびしさのとけてながれて」がなんとも絶妙。それが集まって「酒となる」なんて、なかなかベテランの歌人でもうたえるものではない。

*数ある酒の歌――生涯七千首を詠んだうち、酒の歌は約三百首あるという（永田和宏「近代秀歌」・岩波新書・平成二十五年）。

*馬追虫の髭もそよろに……――「長塚節歌集」大正六年刊。

*さびしさのとけてながれて……――第四歌集「路上」（明治四十四年刊）所収。「とけてながれて」の句は静岡の民謡「農兵節（サイサイ節）」の（富士の白雪）「解けて流れてノーエ解けてサイサイ解けて三島に下る」によるか。

31

寂《さみ》しみて生けるいのちのただひとつの道づれとこそ酒をおもふに

同

【出典】 大正十二年五月刊第十四歌集「山桜の歌」

酒は、寂しみに生きるわが命の唯一の道づれと思ってきたが、その酒ともいずれ別れる日がくるのか。

これは牧水自らが、晩年、酒が唯一の伴侶《はんりよ》であると告白した歌である。牧水の時代頃から、歌人の詠む酒の歌はどんどんと内面化の道を歩む。牧水三十八、九歳前後の詠で、死までまだ五年ほどはあるが、すでに死を準備しているようにうたっているのが傷《いた》ましい。一方では「人の世にたのしみ多し然《しか》れども酒なしにしてなにのたのしみ」*と喝破《かっぱ》する牧水であるが、その裏には酒をたった一つの友とせざるをえない悲しい日常がつきまとっている。

沼津の千本松原時代*の牧水は、朝二合、昼二合、夜六合の酒を定量にして

*人の世にたのしみ多し……——第十三歌集「くろ土」(大正十年刊) 所収。

*千本松原時代——大正九年以

いたという。毎日一升は飲んでいたわけだが、時にはそれを越えることもあったという。凄まじい酒量といわざるを得ないが、その酒は必ずしも楽しい酒ではなく、生きることの悲しみや寂しさに包まれていて、その内容もまた多彩であった。以下、いくつかの歌を見てみよう。

次の歌は二十六歳で出した第三歌集『別離』の中の一首。

*酔《え》ひはてては世に憎きもの一《いち》も無しほとほとわれもまたありやなし

第五句「またありやなし」が複雑であるが、二、三句の「世に憎きもの一《いち》も無し」を受けて、自分もまた酒に融けてしまって、生きている実感などどこかへ飛んでしまった無の存在に過ぎないというのであろう。

別の歌集では次のようにもうたう。

*それほどにうまきかと人のとひたらばなんと答へむこの酒の味

ここには、そんなに美味《うま》いのかと訊かれて絶句する牧水がいる。なぜ酒が好きなんだと訊かれても、誰だってまともに答えられるものではない。

*かんがへて飲みはじめたる一合の二合の酒の夏の夕ぐれ

飲み始めると一合、二合とつい盃が進む。酒飲みの誰もが経験することで、一見楽しい酒のように思われるが、

降、牧水は療養を兼ね、妻や子供と共に死までの八年間を沼津の千本松原に移り住んだ。

*朝二合、昼二合……―弟子であった大悟法《たいごほう》利雄の「歌人牧水」（昭和六十年・桜楓社）による。

*酔ひはてては世に憎きもの……―第三歌集「別離」（明治四十三年刊）所収。

*それほどにうまきかと……―第十歌集「白梅集」（大正六年刊）所収。

*かんがへて飲みはじめたる……―第五歌集「死か芸術か」（大正元年刊）所収。

*酔《ゑ》ひぬればさめゆく時のさびしさに追はれ追はれてのめるならじか

*酒すればわが健《すこや》かの身のおくにあはれいたましき寂しさの燃ゆ

といった歌を脇に置いてみれば、それはやはり、酔後《すいご》の「さびしさに追はれ追はれて」飲む否応《いやおう》のない酒なのだ。

*酒毒《しゆどく》に触れた次のような歌もある。

*やまひには酒こそ一の毒といふその酒ばかり恋しきは無し

*飲むなと叱り叱りながらに母がつぐうす暗き部屋の夜の酒のいろ

身体にとって最大の毒であることは重々知っているが、その酒が何より恋しくて堪《たま》らないという矛盾。牧水にとってこのジレンマはほとんど地獄の責苦そのものであった。また、止《や》めろ止めろと言いながら息子に酒をつぐ母親の心のなんと悲痛であることか。また、次のような捨鉢《すてばち》に近い作もある。

*さうさ、鼹鼠《むぐらねずみ》のやうに飲んでやる、この冬の夜の苦《にが》い酒

「むぐら鼠」とはモグラ（土竜）のこと。ほとんど絶叫といっていいこうした言葉を吐かざるをえなかった牧水もまた痛ましい。

しかし、中には「友と相酌《あひく》む歌」四首のように優しさに満ちた歌もある。

*飽かずしも酌《く》めるものかなみじか夜を眠ることすらなほ惜《をし》みつつ

*酔ひぬればさめゆく時の…―第十歌集「白梅集」（大正六年刊）所収。

*酒すればわが健かの…―第四歌集「路上」（明治四十四年刊）所収。

*酒毒―酒毒に身体を蝕んだという点では、同時代の歌人吉井勇もまた牧水と同じ轍《わだち》を歩んだ人間であった。

*やまひには酒こそ一の…―第二歌集「独り歌へる」下の巻（明治四十三年刊）所収。

*飲むなと叱り叱りながらに…―第六歌集「みなかみ」（大正二年刊）所収。牧水の七歳年上の従弟若山峻一氏の回想によると、この母も若い頃は一升酒の異名をとった女酒豪で、息子に「お前の身体は酒で焼き固めてあるから廃《や》めては不可《いか》んぞ」と言っていたという（昭和三年十二月「創作」若山

盃をおかば語らむ言の葉もともにつきなむごとく悲しく
一しづく啜《すす》りては心をどりつつ二つ三つとは重ねけるかも
時をおき老樹の雫《しづく》おつるごと静けき酒は朝にこそあれ

久しぶりに訪ねてきた友人と眠りを惜しんで酒をくみかわす。時には盃を休めて互いの思いに浸りながら、老樹がぽつりぽつりと断続的に雫を落とすように、一杯二杯とゆっくり盃をすする。気づくともう朝を迎えていた。どれも静かな哀感《ペーソス》に溢れていて、なまじの小説よりもよほどこの一夜の静謐《せいひつ》な時間を活写している。

総じていえば、牧水にとっての酒は決して楽しいものではなかった。それは身体に巣くう宿痾《しゆくあ》に他ならなかった。しかし牧水には、幸いにもまだ歌というものが残されていた。

*わがこころ澄みゆく時に詠む歌か詠みゆくほどに澄める心か

美しい歌だ。牧水にとっての歌は、「歌は私の悲しき玩具である」と言った啄木にはついにありえなかった救いであっただろう。古い詩人は詩が手放せないことを「*詩魔《しま》」と呼んだが、牧水にとって歌が永遠の「詩魔」だとすれば、さしずめ酒は「酒魔《しゆま》」とでも名づけるほかなかったであろう。

牧水追悼号所収文）。牧水の体は死後一週間近く異臭を放たなかったというが、この酒で焼き固めた体ということに関係があろう。

＊さうさ、鼴鼠のやうに……――同右。

＊飽かずしも酌めるものかな……――以下三首とも第八歌集「砂丘」（大正四年刊）所収。

＊わがこころ澄みゆく時に……――第十三歌集「くろ土」（大正十年刊）所収。

＊詩魔――橘在列《ありつら》の「沙門敬公集」に寄せた源順《したごう》の詩序に「五酔ヲ除却シ四魔ヲ降服セシモ、ソレニモ猶降サザルハ詩魔ノミナリ」（本朝文粋）とある。

32

酒肆《さかみせ》に今日もわれゆくVERLANE《ヴェルレエヌ》 あはれはれとて人ぞはやせる

吉井《よしい》 勇《いさむ》

【出典】明治四十三年九月刊「酒《さけ》ほがひ」。初出『明星』明治四十年六月

> 今日もまた酒を求めてカフェーや酒楼にくり出す。すっかりヴェルレエヌ気取りだ、あわれなもんだと人は囃《はや》すが、ヴェルレエヌのどこが悪い。

【閲歴】明治十九年（一八八六）、伯爵吉井幸蔵の次男として東京芝区高輪《たかなわ》に生まれる。早稲田大学中退後、明治三十八年、与謝野鉄幹主催の「新詩社」に参加、ついで「スバル」に加わり、木下杢太郎、白秋、上田敏らと親交、「パンの会」にも加わった。青春の放蕩をうたった耽美的で奔放な浪漫的歌風で注目をあび、四十三年、二十五歳で『酒ほがひ』を上梓《じょうし》。以後『昨日まで』『祇園歌集』『東京紅燈集』など十を越える歌集を残した。後年の歌には人生を消尽《しょうじん》した人間の哀歓が潜む。昭和三十五年（一九六〇）七十五歳で死す。

牧水《ぼくすい》同様、その一生を酒と詩に消尽した歌人吉井勇の若き日の歌。青春の放蕩《ほうとう》の姿をかくも傲慢《ごうまん》にうたった歌もそうそうはない。第一「酒ほがい」という歌集名自体が、*酒を寿《ことほ》ぐという意味の古語だ。

この歌は、真ん中に居坐る「VERLANE」の取りようでニュアンスが変る。上にかかるなら、作者がヴェルレエヌを気取っていることになるし、下にか

【語釈】○VERLANE―ボオドレールやランボーと並ぶフランスの世紀末詩人。上田敏の訳詩「枯葉」などの作者として知られる。○あはれはれ―「あはれあはれ」の略。○はやせる―囃せる。

かるなら、友人たちがあいつはすっかりヴェルレエヌ気取りだと嘲笑していることになる。仮りに後者とみて訳したが、本人にとってはどちらも同じだろう。ヴェルレエヌに比されるならむしろ本望《ほんもう》だろうからである。

同じ『酒ほがひ』の中には次のような歌もある。

　博《ばく》うたずうま酒くまず　汝等《なんぢら》みな日のてる下に愚かなるかな

博奕《ばくち》の味も酒の味も知らない奴は愚かだ。これまた前代未聞ともいっていい歌だ。万葉の酒歌人旅人《たびと》もこうまではっきり詠まなかった。

しかし、この誇張された自画像の裏にはいつも悲哀が混じっていた。すでに『酒ほがひ』にも「*酒びたり二十四時《とき》を酔狂《すゐきやう》に送らむとて過《あやま》ちしかな」という自分の未来を先取りしたような歌が見えるが、大正期に入ると、さすがに自恃《じじ》と悔恨とを揺曳した「*歓楽ののちのかなしみ来《きた》るらし胸あやしくも痛み初めつつ」「*紅燈《こうとう》のちまたにゆきてかへらざる人をまことのわれと思ふや」「*母刀自《ははとじ》の老いのおもかげ夜目に見ゆ酒な飲みそと言ひ給ふごと」といった歌が増え、さらに後年は「*何事も忘れはてむと思へども杯とれば酔泣《ゑひな》きをする」という所にまで行きつく。それでもついに勇は酒を飲むことを止めず、酒という*ヤヌスに随従して昭和三十五年まで生きた。

喝采するという意にも取れるが、ここは冷笑するという意であろう。

*酒を寿ぐという意味――この「ほがい」にはあるいは「乞食人《ほがいびと》」という言葉があるように、酒乞食《こじき》という自嘲が重ねられているのかもしれない。

*酒びたり二十四時を……――「酒ほがひ」所収。

*歓楽ののちのかなしみ――大正二年刊「昨日まで」所収。

*紅燈のちまたにゆきて……――同。

*母刀自の老いのおもかげ……――同。

*何事も忘れはてむと……――昭和九年刊「人間経」所収。

*ヤヌス――ギリシャ神話に見える双面神。

33

天地《あめつち》にすがる袖なしおのづから手は汝《なれ》にゆくあはれ 盃《さかづき》

石川啄木《たくぼく》

【出典】明治四十一年二月二十一日「釧路新聞」(太田水空名)、「心の花」四十一年七月号に工藤甫の名で再掲。

この広い天地の間に縋りつく物とて何もないので、ついつい手はお前に伸びる。ああ悲しい盃よ。

【閲歴】明治十九年岩手県南岩手郡の寺に住職一禎《いってい》の子として生れるが、間もなく近村の渋民《しぶたみ》村に移住。本名石川一《はじめ》。盛岡中学時代に雑誌「明星」に触れて歌や詩を投稿。三十八年、十九歳で詩歌集『あこがれ』を刊行して明星派の新鋭として期待された。その後、実家の窮乏にともない、新聞記者として函館、札幌、小樽、釧路を転々とし、四十一年二十三歳の年、小説家を志して上京。四十三年『一握《いちあく》の砂』を刊行したが、翌年結核性腹膜炎に罹って入院、四十五年四月に二十七歳で永眠した。死後土岐哀果《ときあいか》によって『悲しき玩具』が刊行された。

啄木にとっては、歌が*悲しみを紛らす一時《いっとき》の悲しき玩具に他ならなかったように、酒もまた悲しき玩具に過ぎなかったようだ。啄木十代の末から二十七歳で死ぬまでの間に、酒を詠んだ啄木の歌は五十首余見出だせるが、そのどれにも啄木の悲しい内面がべったりと貼りついている。

*世を蔑《なみ》す酔歌《すいか》つくると酒座《しゅざ》のはて我れを弔ふ挽歌《ばんか》はなりぬ

*悲しみを紛らす一時の悲しき玩具―死後に刊行された「悲しき玩具」に収められた歌論「歌のいろいろ」の末尾に「歌は私の悲しい玩具である」とあるのは有名である。

十九歳の時の歌。酔いしれて世間を嘲《あざけ》る戯《ざ》れ歌を作ってやると息巻いてみたが、結局出来たものは自分を悼《いた》む弔歌《ちようか》でしかなかった。

　*酔ひしれしこのひと時に千万の年もへよかし思ふこともなく

酔いしれて、何の悩みもなく一千万年がこのまま過ぎないものか。

　*一盞《いつさん》を飲みほすごとに指を噛み血の一滴《いってき》をさかづきに注《さ》す

一杯を干すごとに滴るものは血のごとき苦しみだ。

　*汪然《わうぜん》として／ああ酒のかなしみぞ我に来れる／立ちて舞ひなむ

酒で悲しみを尽くした果てはもう立って踊り出すしかない。

　*酒のめば鬼のごとくに青かりし／大いなる顔／かなしき顔よ

酔後の青ざめた顔を茫然と見つめる自分、その鬼のような形相《ぎようそう》。

酒は啄木にとっては精神の解放とは無縁であった。掲出した「天地の」の歌は、二十三歳の四月、意を決して上京した直後に詠んだとおぼしき歌。この年齢にして毎日のように盃を手に取らざるをえない生活とは一体どのようなものか。この前後の歌に「*たうたうと胸に鼓《つづみ》の鳴るを聞き物をも言はず盃を見る」というやはり酒をうたった歌があるが、この太鼓の音もこちらを鼓《こ》舞《ぶ》する勇壮な音ではあるまい。胸の中にたぎる憂悶が立てる音である。

*世を蔑す酔歌つくると……――明治三十七年一月十日「岩手日報」。

*酔ひしれしこのひと時に……――明治四十一年六月「心の花」。

*一盞を飲みほすごとに……――明治四十一年七月「明星」石破集。

*汪然として／ああ酒のかなしみぞ……――「一握の砂」秋風の心よさに。

*酒のめば鬼のごとくに……――同・忘れがたき人々。

*たうたうと胸に鼓の……――明治四十一年二月二十一日「釧路新聞」。

もっとも、明るく振舞った歌もないではない。

*今日も亦《また》をかしき帽子うちかぶり浪漫的《ロマンティック》が酒のみにゆく

この「をかしき帽子」とは当時流行し始めた高価なパナマ帽か山高帽ではなく、くしゃくしゃした布帽子か何かだろう。それでもロマンチストを気取って今日もまた颯爽と酒を飲みに出かけた。しかし「今日も亦」とあるところからすれば、結果はまた同じであったのだ。これと同じような行動をうたった歌に「*浅草の夜のにぎはひにまぎれ入りまぎれ出で来《こ》しさびしき心」という歌がある。紅灯《こうとう》の巷《ちまた》に分け入って酒や女に一時の憂いを棄てても、出て来る時はまた元の姿であるという。

*コニャックの酔ひのあとなる／やはらかき／このかなしみのすずろなるかな

コニャックには日頃の日本酒と違う西洋の味わいがあり、その酔いも常とは異なる「やはらかな悲しみ」だというが、「すずろなる」は、取り留めもなく続くという意だろう。悲しみはやはり執拗なのである。

酒を飲んで自分を憐れむ心は、同じように苦悩する農民や友へと向かう。

*田も畑も売りて酒のみ／ほろびゆくふるさと人に／心寄する日

*今日も亦をかしき帽子……——明治四十二年五月「スバル」莫復問。

*浅草の夜のにぎはひに……——「一握の砂」我を愛する日。

*コニャックの酔ひのあとなる……——同右。

*田も畑も売りて酒のみ……——同右・煙。

*百姓の多くは酒をやめしといふ。／もっと困らば、／何をやめるらむ。
*演習のひまにわざわざ／汽車に乗りて／訪《とぶら》ひ来し友とのめる酒かな
*赤赤と入日うつれる／河ばたの酒場の窓の／白き顔かな

その彼らも現在の窮境から抜け出せぬ点では自分と変ることはない。返ってくるのは結局はやはり悲しみでしかない。

*しつとりと／酒のかをりにひたりたる／脳の重みを感じて帰る。
*今日もまた酒のめるかな！／酒のめば／胸のむかつく癖を知りつつ。
*何事か今我つぶやけり。／かく思ひ、／目をうちつぶり、酔ひを味ふ。

最後の歌は、取り分け悲しい。「酔ひを味ふ」といっても、その酔からつむぎ出されるのは意味不明のたわ言でしかない。

こう見てくると、啄木の酒にはいつも孤独の叫びが満ちている。後に古賀《こが》政男《まさお》が「*酒は涙か溜息か心の憂さの捨て所」というエレジーを作るが、啄木にとっての酒はついに「心の憂さの捨て所」でさえなかったようだ。

牧水《ぼくすい》の酒は、まだ酒と語り合って自らを清澄に高める詩たり得たが、啄木にとっての酒は、歌同様、自分の心をさえ突き放す、どこまでも悲しい玩具でしかなかったようだ。

*百姓の多くは酒を……―「悲しき玩具」。

*演習のひまにわざわざ……―「一握の砂」忘れがたき人々。

*赤赤と入日うつれる……―同・手袋を脱ぐ時。

*しつとりと／酒のかをりに……―「悲しき玩具」。

*今日もまた酒のめるかな……―同。

*何事か今我つぶやけり……―同。

*酒は涙か溜息か―昭和六年に発表された高橋掬太郎作詞・古賀政男作曲による歌謡曲名。歌詞にも同じ句が繰り返される。44参照。

34

大方《おほかた》はおぼろになりて吾《あ》が目には白き盃《さかづき》一つ残れる

石榑千亦《いしくれちまた》

【出典】未詳。短冊の遺墨による。

酒に酔ってとろっとし、私の目にはまわりのものがただぼんやりと霞んで映るが、ただ私が口をつける白い盃だけはくっきりと見える。

【閲歴】明治二年（一八六九）愛媛県生れ。二十四歳で佐佐木信綱の「竹柏会《ちくはくかい》」に入門。帝国水難救済会理事を勤めながら、長く信綱門の機関誌「心の花」の編集に携った。海の歌に特異なものがあり、また酒と角力《すもう》をこよなく愛して豪放明純、牧水にも深く傾倒した。歌人五島茂《ごとうしげる》の父で、歌集に『潮鳴』『海』『鷗』がある。昭和十七年（一九四二）没。

酒を飲んでいると、思考も停止し、眼前がぼやけてくる時がある。焦点の先に白い盃が浮かび上がってくる。この歌には余計な視線がない。他人もいなければ自分もいない。そんな酒飲みの辿り着く至福《しふく》の時間を、酒一点に集中してうたった稀有《けう》な歌である。「一個の盃があたかも聖なる何かのように、明るい闇にふっと浮かんでいる。……酔い心地がそのまま、短歌形式のひび

＊一個の盃があたかも……―佐佐木幸綱氏「男うた女うた

きの中に実現されている。」と評したのは佐佐木幸綱《ゆきつな》氏だが、この盃は黒でも茶でも駄目で、やはり小ぶりの白い瀬戸でなければならないだろう。

海難《かいなん》関係の事業に携わった石榑千亦は、「*真黒なる帆船《はんせん》三つ四つ天地《あめつち》の境をなして海遠《とお》かすむ」「*船の舳《へ》に長刀《なぎなた》ふるふ海の魔が黒き衣《ころも》の底光りする」「*昆布《こぶ》の葉の広葉にのりてゆらゆらにとゆれかくゆれ揺らるる鷗《かもめ》」といった海の歌を多く残しているが、その海の歌の中にも、酒を詠みこんだ歌がふっと混じってくる。

*今ははや迫門《せと》の波にや船はのりしさかづきゆれて酒のこぼるる
あぐらゐて丸う輪《わ》をかく胴《どう》の間《ま》に海も干《ほ》つべき酒ほがひかな
霧のため心をくだく船長に酒をわかちてなぐさむるかな

千亦は人一倍酒好きで、海に出た時も酒を手放さなかった。牧水に深く傾倒していた千亦ならではの作と言っていいが、しかしその酒は、牧水のように孤独な酒ではなく、共同的な和楽《わらく》の酒であったことが分る。二首目の「酒ほがひ」の歌や、奮闘する船長の慰問に酒を持って行く三首目を見ればそれは明らかである。こういう親和的で幸福な癒《いや》しの酒の歌もあっていい。千亦の中では、酒の雫《しずく》と海の潮はどこかで通底していたのだろうか。

—男性歌人篇」(平成十五年・中公新書)。
*真黒なる帆船三つ四つ……—大正四年刊「潮鳴」。
*船の舳に長刀ふるふ……—同右。
*昆布の葉の広葉にのりて……—大正十年刊「鷗」。
*今ははや迫門の波にや……—以下三首とも「潮鳴」中の歌。

35

茂吉われやうやく老いて麦酒《ビール》さへこのごろ飲まずあはれと思へ

斎藤茂吉《もきち》

【出典】昭和十五年三月刊「寒雲」

自分茂吉も、ようやく年老いて、近頃はビールすらも飲まなくなってしまった。淋しい自分よ、我を笑え。

【閲歴】明治十五年（一八八二）五月山形県の現上山《かみのやま》市金瓶《かなかめ》に誕生。一高卒業を機に浅草病院を営む親戚斎藤紀一の養子となり斎藤姓となる。東京帝大医学部卒業後、巣鴨病院や長崎病院の精神科に勤務。四十五歳で青山脳病院の院長となる。作歌は二十代始めに子規の影響を受け、根岸派に属したが、その後島木赤彦らと歌誌「あららぎ」を立ち上げ、その主要歌人として万葉尊重と実相観入の思想に基づく骨太な歌風を展開、アララギ派の不動の雄として活躍した。「赤光」「あらたま」以下十七の歌集を残した他、多くの歌論や万葉研究の著がある。昭和二十六年文化勲章受賞。二十八年（一九五三）に七十一歳で没した。

【前書】「赤彦忌三月二十一日於発行所」。

アララギの総師《そうすい》だった茂吉大人《うし》は、酒は余り強くなかったらしい。歌集をひもといても、酒の歌はごくたまにしか見当たらない。これは、昭和十五年、五十八歳時に出した歌集『寒雲』中の一首。

自分には酒好きだという習癖はなく、たまにビールを口にするだけという*自覚がまずあって、今はそのビールさえ飲む事もなくなったという事実に気

*たまにビールを口にするだけ――特別の日に口にするぐらいでという意。その証拠

づいて、自らをあわれんだ歌だ。そういう自分を「茂吉われ」と客観的に眺める自分がいて、遠く失った自分の影を淋しく見つめる茂吉がいる。

茂吉が酒をうたった稀な一首に、歌集『石泉《せきせん》』中の「医学会総会には処々より同学の友集りぬ」という詞書を持つ一首がある。

*相《あひ》よりてこよひは酒を飲みしかど泥のごとくに酔《ゑ》ふこともなし

学会の年次総会というのは、理系文系を問わずどれも同窓会同然で、会員の大半は酔いしれる。だから下句「酔ふこともなし」云々とは会員たちではなく、ガヤガヤ騒ぐ周囲をよそに、時間を持てあましている茂吉自身を言った言葉だと取れる。確かに酒を嗜《たしな》まぬ茂吉がここにいる。

茂吉は別に酒が嫌いというわけではないのだろうが、実のところ、酒よりも食べ物の方が好きだったようだ。

*いささかの為事《しごと》を終へてこころよし夕餉《ゆうげ》の蕎麦《そば》をあつらへにけり

*ゆふぐれし机のまへにひとり居りて鰻《うなぎ》を食ふは楽しかりけり

*ただひとつ惜しみて置きし白桃《はくとう》のゆたけきを吾は食ひをはりけり

ただしこの事が茂吉論にとってどんな意味を持つかどうかはまた別である。漱石《そうせき》先生も鷗外漁史《おうがいぎょし》も藤村先生も、酒はそう強くはなかった。

といえるかどうか分らないが、後年の歌に「東京のわが稚子《をさなご》の生れたるけふは麦酒《ビール》少し飲みて祝《ことほ》ぐ」（昭和二十二年八月刊「遠遊」）の一首がある。

*相よりてこよひは酒を……—昭和六年六月刊「石泉」所収。四十九歳時の歌集。

*いささかの為事を終へて……—大正五年刊「あらんま」所収。

*ゆふぐれし机のまへに……—昭和二年刊「ともしび」所収。

*ただひとつ惜しみて置きし……—昭和八年刊「白桃」所収。

36

コノサカヅキヲ受ケテクレ
ドウゾナミナミツガシテオクレ
ハナニアラシノタトヘモアルゾ
「サヨナラ」ダケガ人生ダ

井伏鱒二《いぶせますじ》

【出典】「厄除《やくよ》け詩集」（昭和十二年野田書房刊）

【閲歴】明治三十一年（一八九八）、広島県現加茂町に生まれる。大正八年の早稲田大学文科入学後頃から小説を書き始め、出版社勤務等を経て、小林秀雄らの「作品」同人となり、「山椒魚」（昭和四年）「屋根の上のサワン」（同）などペーソスとユーモアを湛えた作品を発表。昭和十二年「ジョン万次郎漂流記」で直木賞を受賞。その後も戦争中から戦後にかけ、「多甚古村」（昭和十四年）「本日休診」（昭和二十四年）「遙拝隊長」（昭和二十五年）等の作品を発表、晩年の昭和四十一年には原爆に取材した問題作「黒い雨」（昭和四十一年）を書いた。太宰治の師としても知られ、平成五年（一九九三）、九十五歳の大往生を遂げた。

酒通《さけつう》の多くがこの詩にふれて感激し、「さよならだけが人生だ」と口ずさむようになったという因縁《いんねん》の詩。まさに後半二行は飄逸《ひょういつ》にして痛快である。崇山《すうざん》に隠栖した唐末《とうまつ》の詩人于鄴《うぎょう》の五言絶句「酒ヲ勧ム」を日本流に翻案したもの。*原詩の書き下し文は「君ニ勧ム金屈卮《きんくつし》／満酌辞スルヲ須《もち》イズ／花発《ひら》

＊原詩―勧君金屈卮《きんくつし》／満酌《まんしやく》

ケバ風雨多シ／人生別離《べつり》足ル」。「金屈巵」とは曲がった柄《え》のついた金属の盃。「別離足る」の「足る」は多いという意。君に勧めるよこの美しい盃の酒をね、なみなみとついだから遠慮せずにやってくれ、花の時季こそ風雨も多いもの、生きる限り別れなぞどこにもある、といったところか。

中国詩の翻訳では佐藤春夫の『車塵集《しゃじんしゅう》』や『玉笛集《ぎょくてきしゅう》』が有名だが、鱒二のこの翻訳はさらに軽妙洒脱である。二行目「辞スルヲ須《もち》イズ」という堅い修辞を「どうぞなみなみとつがしてくれ」と主客を逆にしてサラリと流し、「*花に嵐月に叢雲《むらくも》」という日本の喩えを引いて、「さよならだけが人生だ」と達観する。山椒魚《さんしょううお》の目から人生の何たるかを思考した人の悠然たる趣が覗き、その先がどんどん膨らんで、人生なんてこんなものよと気が大きくなる。

同じ詩集の中で鱒二が、唐の高適《こうせき》の詩「*田家《でんか》春望」の「門ヲ出テ何《いづれ》ノ見ル所アラン／春色平蕪《へいぶ》ニ満ツ／知己《ちき》無キコトヲ嘆クハ／高陽《こうよう》ノ一酒徒タリ」の後二行を、「トコロガ会ヒタイヒトモナク／アサガヤアタリデオホザケノンダ」と訳したのも有名。『*漢詩一日一首・春』の著者一海《いっかい》知義氏は、全体が原意から大きくそれて乱暴であるが、「訳が詩になっている」と評している。まさに宜《むべ》なるかなという感じである。

不須辞／花発多風雨／人生足別離《べつり》。

＊花に嵐月に叢雲――「徒然草」百三十七段「花は盛りに月は隈なきをのみ見るものかは」あたりから出て、世の無常を一般化した諺。

＊「田家春望」――原詩は「出門何所見／春色満平蕪／可嘆無知己／高陽一酒徒」。「平蕪」は雑草が生い茂った野原。「高陽一酒徒」とは、劉邦に仕えた魯の酈食其《れきいき》が漢の高祖に会った時、自分を称して世を捨てた高陽の酒飲みと言ったという故事（史記・酈食其《れきいき》伝）に基づく。鱒二の訳前半は「ウチヲデテミリャアテドモナイガ／正月キブンガドコニモミエタ」。

＊「漢詩一日一首・春」――（平凡社ライブラリー・平成十九年刊）。

37

昨夜《よべ》ふかく酒に乱れて帰りこしわれに喚《わめ》きし妻は何者

宮柊二《しゅうじ》

【出典】昭和二十六年六月刊「晩夏」

昨晩は酒に酔い痴《し》れて遅く帰ってきた。何だか妻に喚《わめ》かれた記憶があるが、昨日のあの黒い影をした妻はいったいどこの誰だったのか。

【閲歴】大正元年（一九一二）、新潟県北魚沼《うおぬま》郡生れ。北原白秋に師事し、「多磨」創刊に参加。その後身である「コスモス」を発刊した。戦争中は中国戦線で敵兵を殺すという苛酷な現実を経験し、戦後、近藤芳美《よしみ》らの「新歌人集団」に参加。民主主義に容易に転じた同朋を信じ切れず、怒りを秘めた孤独な詩想を一貫してうたい続け、昭和六十一年（一九八六）に没した。歌集に『晩夏』（昭和二十六年）『日本挽歌《ばんか》』（昭和二十八年）『多く夜の歌』（昭和三十六年）等がある。

酒の歌もいよいよ戦後に入る。二日酔いの酒呑みの頭に残る昨夜の不確かな幻影。深夜がたがたと音立てて帰ってきた酒臭い夫に妻が愚痴の一つも言うのは、たとえば川柳に「*酔ったあす女房のまねるはづかしさ」という卓抜な句があるように、世間ではしばしば繰り返される光景である。

「喚きし妻は何者」とあるが、妻は本当に喚いて喰ってかかったのではあ

【語釈】○帰りこし―「こし」は「来し」。

*酔ったあす女房……―酒で遅く帰って来て何も覚えていない亭主の昨夜の酔態を、翌朝になって女房が真似し

るまい。こちらの意識は鈍磨《どんま》していて、妻が確かに何か文句を言った記憶があるのだが、普段見馴れた妻だと分っていても、何か得体《えたい》の知れない黒い影が近づいて来たような幻影しか残っていない。それを「妻は何者」と突き放して言ったところに、作者の孤独な心情が浮かび上がる。

自分の妻を「何者」と突き放さずにはいないこの作者の韜晦《とうかい》には、もちろん酒の上での自分の醜態を恥じる自嘲も含まれているのであろう。しかしそれよりは、相手が妻であれ、人間というものを容易に信じ切れぬ作者の深い孤独が低徊《ていかい》しているような気がする。

その宮が同じく深酒《ふかざけ》をして帰ってきた時の歌。

*はうらつにたのしく酔へば帰りきて長く坐れり夜《よ》の雛《ひな》の前《まへ》

家族は寝静まっており、独りで娘の雛の前に坐って涙を流すこの哀切さ。

*子も妻もわれより遠くおもはれて野分する午後家いでてきつ

激しい秋の風が吹く中、一人でふらふらとさ迷い出ざるを得ない男の寂しさ。しかしその先が酒場であっても、果たして男の心が慰められるものかどうかは疑問だ。これらの歌から、戦後、生の軌跡を見失った人間の、どこにも訴えようもない苦しみを読み取ってもおかしくはない。

て見せるのである。

＊はうらつにたのしく酔へば……「多く夜の歌」（昭和三十六年）所収。「はうらつに」は「放埒に」。

＊子も妻もわれより遠く……「日本挽歌」（昭和二十八年）所収。

38

うちうちだからうちうちだからとくり返し碗《わん》に盛りたる酒をねぶれる

山崎方代《ほうだい》

【出典】昭和四十八年刊「右左口《うばぐち》」

内々だから内々だからと何度も自分を納得させ、家に帰って来て、また碗にたっぷりついだ酒をすすり出すこの身のいじ汚さよ。

【閲歴】大正三年（一九一四）、山梨県右左口《うばぐち》（現中道町）に生まれる。尾上柴舟《さいしゅう》の歌誌「車前草《おおばこ》」の後を受けた「水甕《みずがめ》」「あしかび」「一路」等に参加。昭和十八年、出征した南方戦役で右眼を失明。生涯家と妻を持たず、孤高脱俗の放浪歌人として過ごした。昭和六十年（一九八五）八月没。歌集に『方代《ほうだい》』（昭和三十年）『右左口』（昭和四十八年）などがある。

【語釈】○うちうち―内々。○碗―盃ではないことに注意。○ねぶれる―「ねぶる」は舐《な》めるの意。

どこからか酒を飲んで帰ってきた。もう結構飲んだのにまだ口が卑しく、まあ内々で人が見ていないから構わないだろうと何度も呟いて、台所に入って汁碗《しるわん》か何かに酒をなみなみとついで、ずるずると啜《すす》る。

前半「うちうちだからうちうちだからとくり返し」と、句またぎと字余りの謎めいた言い方で読者を釣っておいて、「碗に盛りたる」と軽く転じ、最後に「酒をねぶれる」と落ちをつけたのが利いているが、他方では、酒飲みのいじ汚《きたな》さが容赦なく戯画化されていて、読んでいるこちらが粛然とさせられる迫力がある。

＊わからなくなれば夜霧に垂れさがる黒き暖簾《のれん》を分けて出でゆく

これも酒を詠んだ歌。「わからなくなれば」は色々に解釈できるが、やはりいい気持になって、理性も働かなくなった時と解するのが正解だろう。帰りたくないが帰らなければならない。入ってきた時は風にゆらめいていた暖簾《のれん》が今は夜霧でぶらりと重く垂れ下がっている。その重い気分を一言「黒き」と表現したのも、酔客のやるせなさをよく捉えている。

しかし、時代はすでに七〇年安保《あんぽ》後の高度経済成長の時代に入っている。日本人の多くが一億総中流という幻想に飲みこまれて自己を失い、一斉に群動し始めた時代だ。方代《ほうだい》のこれらの歌から、そうした夢を封印された時代の行き場のない空気を読みとることも可能であるが、とはいえ酒の歌が、いつまでもこうした日常的哀傷の代弁者であっていいものかどうか。酒飲みの生態はいつの世も変らないといってしまえばそれまでだが、酒の歌が相変らず個々人の抒情を受け止めるだけの存在であるのもいかにも工夫がない。

＊わからなくなれば夜霧に……（昭和四十八年刊「右左口」）。

【補注】方代はこの上なく酒を愛していたようだ。次のような子供じみた歌も残している。「手のひらに豆腐をのせていそいそといつもの角を曲りて帰る」（右左口）。

39

春宵《しゅんしょう》の酒場にひとり酒啜《すす》る誰か来《こ》んかなあ誰《だ》あれも来るな

石田比呂志《ひろし》

【出典】平成元年刊「九州の傘」

やるせない心がうずく春の宵、ひとり酒場にいて酒をすすっている。誰か来んものか、いやいや、誰も来ない方がましだ。

【閲歴】昭和五年（一九三〇）十月、福岡県に生れる。本名裕志《ひろし》。啄木の「一握の砂」を読んで歌人を志し、三十四年、近藤芳美《よしみ》の「未来」に参加した。四十九年に歌誌「牙」を復刊して主宰。六十一年『手花火』で短歌研究賞を受賞。無用者という自覚から日常の中に反骨卑俗の気概を愛唱的な字句でうたうことを特色とした。『手花火』の他、『無用の歌』『涙壺』『滴滴』『九州の傘』といった歌集がある。平成二十三年（二〇一一）二月没。

春の宵、行きつけの酒場で独りチビチビやっている。酒を「啜《すす》る」という言い方もいいが、「誰か来んかなあ誰《だ》あれも来るな」という日常会話をそのまま起こした表現も秀逸である。話し相手がいなくて、誰かなじみが来んかなあと期待するが、来れば来るで、またいつものオダが始まりそうで面倒くさい、えいもう来るなと思い返す。その親愛と拒否の呼吸の中に酒飲み男の微妙な存在感が垣間《かいま》見える。

作者には次のような陰影に富んだ歌もある。

　*はらわたに花のごとくに酒ひらき家のめぐりは雨となりたり

酒の甘《うま》さが「五臓六腑《ごぞうろっぷ》に沁みわたる」とはありきたりの表現であるが、それを「花のごとくに酒ひらき」とうたったのがなんとも新鮮で美しい。暗い家の中でおもむろに独り酒を始めた男の心に、次第に花が咲き出す。凍りついた心がじんわりと溶けだして、いい香りも漂ってくる。かつて牧水は、酒が心の沁みる感覚を「とけてながれて」とうたったが、「心に花が咲く」と形容したのは、この歌が最初ではあるまいか。同時にまたこの歌は、その後半で、そういう男の姿をそぼ降る雨の中から遠く眺めることを通じて、人と人とが繋がり合えない近代人の孤独の影も浮かびあがらせてもいるのだ。

しかしまた、先の方代《ほうだい》もそうであったように、*酒を対象にこうした近代人の孤独の影をいくら追っていても、結局は、孤の抒情をうたうという従来の短歌的桎梏《しっこく》から抜け出しえないのも確かであろう。時代はすでに平成の声を聞いており、酒との対話をこうした孤独の中にいくら再生産していても始まらない気がする。

*はらわたに花のごとくに…―昭和六十一年刊「滴滴」所収。

*酒を対象に―石田の酒の歌には次のような軽妙哀切な歌が多い。
・五十歳過ぎて結語を持たざれば夜の酒場に来たりて唄う（昭和五十八年「鶏肋」）
・酒のみてひとりしがなく食うししゃも尻から食われて痛いかししゃも（「滴滴」）
・酒飲みのかつ人生の先輩として先に酔うちょっと失礼（平成元年「九州の傘」）

40

泡だちて昏《く》るる麦酒《ビール》のたぎつもの革命と愛はいづこの酒ぞ

前登志夫《まえとしお》

【出典】昭和三十九年刊「子午線の繭《まゆ》」

泡だった後に昏《くら》い飴色《あめいろ》に落ちつくビール。一旦はたぎって沈静する革命と愛の情熱もこれに似るが、一体あれはどこの何という酒か。

【閲歴】大正十五年（一九二六）奈良県秋野村（現下市町）に生まれる。同志社大学卒業後歌を作り始め、折口信夫と前川佐美雄の歌に親しむ。終戦の年に入隊し、帰国後の昭和二十三年歌誌「新世代歌人」を創刊。三十九年（一九六四）第一歌集『子午線の繭』を刊行して前衛短歌の一翼をになった。四十七年（一九七二）第二歌集『霊異記』。平成二十年（二〇〇八）四月没。

【語釈】○昏るる—泡だったビールが落ち着いて黄金色になるのを黄昏（たそがれ）の意味を持つ「昏」で表した。○たぎつもの—泡だちたぎるもの。ビールと革命と愛に共通するもの。

奇抜《きばつ》な歌だ。酒の歌としては鬼面《きめん》人を驚かす体《てい》の発想がある。革命と愛をビールに見立てるような表現は、これまで見てきた近代以降の短歌の世界では誰もうたわなかった。酒の歌も時代を主張し始めたのである。

革命も愛も一時は若者たちの熱血を大いにたぎらせるものだが、やがて人はそんな情熱などどこへ行ったという顔をして、日常の中へと埋没する。それが、気泡《きほう》をひとしきり泡だたせてやがて清澄になるビールという喩えと一致するのかどうかはさておいて、何事も忘れやすい日本人の軽薄さに対する日頃の鬱憤と皮肉を、酒という日常的な対象に還元してうたった意味はある。ひょっとしたら革命や愛というものも、所詮は酒のようなはかないものだという作者の苦《にが》い認識が秘められているのかもしれない。

これは、短歌は現実の社会をうたいきれないという既成歌人たちの歎きに対する前衛短歌による痛烈な反論であり、思想としての詩のしっぺ返しだといってもいい。前衛短歌は酒に対してもかく果敢《かかん》になりうるのだ。

同じ作者の歌からもう一首。

酒やめむことを思へば新年《にひどし》の夜の頭蓋《とうがい》に雪けむり立つ*

この歌も一読意味が取りにくいが、よく読めば計算された語の連環が見えてくる。正月に当たって酒を止めようと新たな決意をした。しかし夜、酒を飲み出す時間になってそれを思い出して気持が縮小する。初日に早くも決意を破るなんていかにも情けない。大げさにいえば、飲むべきか飲まざるべきか脳髄が惑乱する。その波風を「雪けむり立つ」と言ったのである。前衛短歌らしい圧縮された、しかし全体に爽やかさを失ってはいない歌だ。

＊酒やめむことを思へば……第二歌集「霊異記」（昭和四十七年）所収。

41

酒飲んで涙を流す愚かさを断《た》って剣菱《けんびし》白鷹《はくたか》翔けろ

福島泰樹《やすき》

【出典】昭和五十七年刊「エチカ・一九六九以降」

酒を飲んで涙を流す、そんな愚かさの繰り返しはもうやめようではないか。酒よ、剣菱《けんびし》よ白鷹《はくたか》よ、お前たちはそんな男どもを決然と振り切って、空高く飛翔せよ。

【閲歴】昭和十八年（一九四三）東京台東区下谷《したや》に誕生。早稲田大学在学中「早稲田短歌会」に入り、佐佐木幸綱《ゆきつな》、太田比呂志らと交遊。昭和四十一年、大学闘争の経験をうたった『バリケード・一九六六年二月』で注目され、四十四年「反措定」を創刊。家業の法昌寺の住職を継ぎながら、時代に抗《あらが》う苦悩と交錯した無頼《ぶらい》の声を届け続けた。四十七年『エチカ・一九六九以降』の他、『中也断唱』『無頼の墓』などの歌集がある。

【語釈】○断って—断ちきって、縁を切って。○剣菱白鷹—いずれも灘《なだ》の銘酒の名。

これまた飛躍した鋭い暗喩を叩きつけた歌である。これまでに見てきた酒の歌の多くが、酒を飲んでただ涙する近代人の孤独を慰撫する体《てい》の歌であったことを思えば、作者の意図もおのずから見えてくる。この歌は、酒を飲んでいたずらに日々を消費するだけの不甲斐ない自分自身に対して、あるいは一向にめざめようとしない日本人に対しての叱咤《しった》激励の歌なのだ。

歌の核心が、最後に置かれた「剣菱白鷹翔けろ」*にあることは容易に見て取れる。酒にすがっていたずらにセンチメントを求めてやまない人間がいつまでたっても当てにならない以上、今や酒の方から反逆してもらわなければならない。従ってこの酒は、「白雪《しらゆき》」とか「菊水《きくすい》」であってはならず、どうしても「剣菱」や「白鷹」でなければならない。そう歌は主張している。

戦後、センチメンタリズムにみちた旧来の和歌的抒情を「奴隷の韻律」と呼んで痛烈に批判した小野十三郎《とおざぶろう》*に刺戟を受けて前衛短歌は出発した。酒の歌もまたその洗礼を受けて変貌せざるをえない。これは詠嘆の具としての酒を拒否した新らしい歌として、なんとも先鋭的なリズムに満ちている。

同じ『エチカ・一九六九以降』の中には、次のような歌もある。

戦わず怒らず叫ばず語らわずのっぺらぼうの二号徳利《どっくり》

六〇年、七〇年と続いた大学闘争の挫折を経験し、その後もなお現実に引き裂かれたまま生きている自らのあり様《よう》を、「戦わず怒らず叫ばず語らわず」と断罪し、そういう自分を「のっぺらぼうの二合徳利」と自虐《じぎゃく》的に戯画化せざるをえなかった歌だ。掲出歌といいこの歌といい、どちらも悲しい歌だが、その底にはどこか不敵の叫びがとぐろを巻いている。

*剣菱白鷹翔けろ——こういう銘酒の固有名をうたった歌も珍しい。ちなみに銘酒白雪を友人から贈られた牧水の歌に「津の国の伊丹《いたみ》の里ゆはるばると白雪来るその酒来る」（朝の歌）がある。

*小野十三郎——大阪出身の詩人。アナーキズム詩に同調し、批評に裏打ちされたリアリズムの詩を追求。詩集に「大阪」「風景詩集」等があり、日本の短歌的抒情を厳しく攻撃した「詩論」（昭和二十二年）がある。（一九〇三—一九九六）

42

蜻蛉《せいれい》に固鹽《かたしほ》まゐる謠《うた》ありきけふぞさびしき酒のさかなに

塚本邦雄

【出典】平成三年刊「黄金律」乾ひて候・Ⅱ

夏の遅い午後、一人寂しく酒を飲む。そういえばトンボウに堅塩を嘗めさせる古い歌謡があった。私も堅塩でも肴にしようか。

【閲歴】大正九年（一九二〇）、滋賀県神崎郡五個荘《ごかのしょう》町に生れる。若い頃からフランス文学や映画、音楽に傾倒。昭和十六年に呉《くれ》の海軍に徴用され、除隊後、商社に勤務する傍ら、二十二年、前川佐美雄の「日本歌人」に参加、二十四年、杉原一司と同人誌「メトード」を創刊。二十六年の第一歌集『水葬物語』に続き『装飾樂句』『日本人靈歌』『水銀傳説』以下を次々に刊行し、暗喩を駆使した反抒情の明確な方法意識によって三十年代の前衛短歌運動に主導的役割を果たした。四十年以降の歌集に『綠色研究』『感幻樂』『星餐圖』以下多数、また評論集や小説、古典研究などにも精力的に活躍した。平成十七年（二〇〇五）六月没。

明治大正期の前衛歌人白秋《はくしゅう》がうたった酒がもっぱら西洋酒であったように、戦後の前衛短歌に主導的役割を果たした塚本邦雄がうたった酒も、洋酒が中心であった。両者共に、ともすれば日本酒が引きずってやまない湿潤陰性の東アジア的な文化的特性というものをあえて忌避《きひ》したせいであろうか。

【語釈】○蜻蛉―トンボの音読み。○固鹽―堅塩に同じ。06の語釈参照。○酒のさかな―前の「固鹽」を肴にすること。

塚本がうたった洋酒の歌とは、たとえば次のような歌である。

　＊シヤムパンの壜《びん》の林のかげで説く微分積分的貯蓄学
贅沢な乱費の裏で倹約を説く西洋道学者の欺瞞と矛盾に満ちた詐術《さじゆつ》よ。

　＊遺《のこ》されし母ら醸《かも》せる葡萄酒の樽にひそみてゐむ子らの血よ
戦争未亡人たちが苦労して造り続ける葡萄酒は、相変らず次の犠牲者となる呪われた若者たちを育てざるをえない血の業《ごう》だ。

　＊苦蓬酒《アブサン》に焦げしまぼろし秋の地に柩《ひつぎ》かさなり上なるランボオ
強烈なアブサンに情熱を傾けて死んでいった男たちの柩の最上段に、若きランボオが君臨する清澄な秋の日の幻よ。

　どの歌も通常の意味的連鎖を断ち切った一通りではないイメージの飛躍に満ちていて、酒はいわばそのイメージに奉仕する一種の意匠として使われていると言っていい。

　しかし、掲出した「蜻蛉に固鹽《かたしほ》まゐる」の歌に出てくる酒は、前後から判断する限り、珍しく日本酒をうたったもののようで、しかも作者自身が酒を飲んでいるシーンを詠じたものらしい。表現も多重的な暗喩に貫かれたものではなく、塚本もこういう優しい歌を詠むのだと思わせる親近性がある。

＊シヤムパンの壜の林の……――昭和二十六年八月刊第一歌集「水葬物語」所収。

＊遺されし母ら醸せる……――同右。

＊苦蓬酒に焦げしまぼろし……――昭和三十五年刊第四歌集「水銀伝説」所収。

「蜻蛉に固盬まゐる謡」とは、「*居《ゐ》よ居よ蜻蛉《とうばう》よ、堅塩参らんさて居たれ、働かで…」という『*梁塵秘抄《りようじんひしよう》』巻二・雑歌《ぞうか》にみえる今様《いまよう》を指す。前半は何かに止まっているトンボに向かって、褒美に塩をやるからじっとしていろよと命じ、後半では、掴まえたトンボを軽くて丈夫な馬のしっぽの先に結んで子供にあげて遊ばせようという、都の辻や市場辺りでさんざめいている都人の牧歌的な日常の営みをうたった歌である。

暑い夏の昼下りであろうか、作者はふとこの愛すべき古歌を思い出して、寂しい午後の酒のつまみに塩でも嘗めてみようかと思う。塩を肴に酒を飲むこと自体が、すでに現代の喧噪や流行から離れている。そういえば、憶良の「貧窮問答の歌」にも「堅塩をとりつつしろひ」とあった。作者は今しもそうした遠い過去の時間の中へと自己を解き放とうとしている。あたかも目の前の壁にふっと時間の通路が開いて、九百年も前の平安時代のとある午後への帰還を果たそうとするかのように。19の真淵の歌で、古代と近世とが交響しているような歌を見たが、この歌からも、そうした過去と現代とが融解するような稀有な一時《いつとき》が浮かび上がってくる。

しかし、塚本は我々の脆弱《ぜいじやく》な想像力では追いつけない暗喩を常に投げ出し

*居よ居よ蜻蛉よ……—居よ居よ蜻蛉《とうばう》よ、堅塩《かたしほ》参らんさて居たれ、働かで。簾篠《すだれしの》の先に馬の尾縒《よ》り合せて、掻き付けて、童《わらは》べ冠者《かわざ》ばらに繰《く》らせて遊ばせん」。トンボよそこに止まっておいで。塩の固まりを上げるからね、動かずにいるんだよ。簾の篠竹に馬のしっぽを縒った紐に結んで、小冠者にあげて、飛ばせて遊ばせよう。

*梁塵秘抄—平安時代末の今《いま》様《よう》歌集。後白河院の編になる歌謡集で二巻だけが現存する。

てくる詩人だ。この歌の初句「蜻蛉」をあえて「せいれい」と読ませているのは、透明な羽を持つトンボに「精霊」を、この場合は西洋の目に見えぬ小さな妖精《ニンフ》の姿を重ね合せているのだとも取れる。トンボを飛ばして遊ぶ子らは、ニンフたちとたわむれることができた平和な時代の申し子であろう。しかしその精霊たちは、今どこへ行ってしまったのか。――永遠の消失。

塚本邦雄は内外の古典に通暁し、短歌に古典種*や異国趣味を盛んに取りこんで現代の本歌取《ほんかど》りを実現した歌人だった。塚本にとっての本歌取りとは、古きものをいたずらに黙殺して、言葉の豊饒な可能性を見失った現代人に対する警鐘であり批評でもあった。この歌では『梁塵秘抄《りょうじんひしょう》』の歌がその本歌であり、塚本はそうした本歌を梃子《てこ》に、現代がどうしようもなく抱えこんでしまった魂の空虚を告発していると取れる。この歌における「酒」は、そういう平和な時代への回路であるとともに、失われた過去への限りなき追憶を誘う魅力的な誘い水ではなかったか。

以上で本書を閉じる事にするが、なお番外編として、歌謡曲における酒の歌を瞥見《べっけん》して終えたい。酒の歌といえば、流行歌の世界こそむしろ本道と言えるからである。

*古典種―数例をあげれば、
・右大臣は常に悲しく『眼中の血』の菅家『ちしほのまふり』実朝
・酸漿市《ほほづきいち》ひらりと前をよぎりしは少女時代の赤染衛門
・『不逢恋《あはざるこひ》』の歌合果つかへりなむ外套に月光をつつめて
いずれも「黄金律」より。

43

夜《よる》がわらっている

酒があたいに惚《ほ》れたのさ　ふられたあたいに惚れたのさ
嫌いさ嫌いさ　酒なんて大きらいさ
夜がクスクス笑うから　飲めるふりして飲んでるだけさ

【出典】星野哲郎作詞・船村徹作曲・昭和三十三年

これはひばり晩年の名曲「みだれ髪」*を作った名コンビ星野哲郎《てつろう》と船村徹《とおる》が若い頃に作った異色作「夜がわらっている」一番の歌詞である。「黒百合の歌」や菊田一夫の連続ラジオドラマ「君の名は」*の主題歌をうたった織《おり》井《い》茂子昭和三十三年のヒット曲である。

内容は、飲めぬ酒を無理して飲んでいる女の絡《から》み歌というところだが、異色なのは、常は飲まれる対象である酒が逆にこちらを操っていることだろう。

＊みだれ髪―星野哲郎《てつろう》作詞・船村徹《とおる》作曲・昭和六十三年。「髪のみだれに手をやれば／赤い蹴出《けだ》しが風に舞う／憎《にく》や恋しや塩谷の岬／投げて届かぬ想いの糸が／胸にからんで涙をしぼる」。全章句を古い歌謡の基本である三・四・五句を基調に

「夜がクスクス笑うから」も、「酒があたいに惚れたのさ」の「酒」と同じ構図で「夜」がこちらを挑発している。

二番と三番では「酒が」が「愚痴が」「夢が」に変っており、以下の部分も「夜がジロジロ見てるから」「夜がゲラゲラ笑うから」と変っていない。これまで見てきた和歌や短歌はどれも、酒はいつも「を」の対象であって、酒と人間との黙契《もつけい》をこんな風に逆側から詠んだものはなかった。演歌の世界ではこれはまさに一種の前衛歌といってもいいのではあるまいか。

同じように、酒に人格を与えて「酒よ」と呼び掛けた歌に、昭和四十一年のひばりのヒット曲「*悲しい酒」がある――「酒よ心があるならば／胸の悩みを消してくれ」。また六十三年の吉幾三《よしいくぞう》のヒット曲「*酒よ」もそうだ――「男酒　手酌酒《てじゃくざけ》　演歌を聴きながら　なア酒よ　お前には　わかるな　なア酒よ」と、真っ向から酒に呼びかけた歌で、しかも男歌であるだけに、呑《の》んべいは待ってましたとばかりこの歌に飛びついた。しかし、昨日飲んだ酒と今日飲む酒は日々に異なるから、すべてを酒よとゆだねるのはややオーバーな感じがしないではない。同じ吉幾三の歌でも「*酔歌《すいか》」の主人公の「今夜も酒を」と出かけていく男の方がまだ現実味があろう。

した歌。

*君の名は―NHK連続放送劇。昭和二十七年四月放送開始。戦争末期、数寄屋橋で出逢った男女のすれ違いの恋を描く。

*悲しい酒―石本美由起作詞・古賀政男作曲・昭和四十一年。「酒よ心があるならば」は二番の出だし。一番は「ひとり酒場で飲む酒は別れ涙の味がする」と始まる。

*酒よ―吉幾三作詞・作曲・昭和六十三年。

*酔歌―吉幾三作詞・作曲・平成二年。

44

酒と涙と男と女

忘れてしまいたいことや　どうしようもない寂しさに
包まれたときに男は　酒を飲むのでしょう
飲んで飲んで飲まれて飲んで
飲んで飲みつかれて眠るまで飲んで
やがて男は静かに眠るのでしょう

【出典】河島英五作詞・作曲。昭和五十二年

酒に酔った哀切な男の気持をそのままメロディに写し取ったような歌だ。第一に「男は酒を飲む」「男は静かに眠る」と固有の顔を剥いだ形で抽象化してうたうのがいい。二番以降にも「女は静かに眠る」「またひとつ女の方が偉く」「またひとつ男の方がずるく」などとある。古典には早く*主人公を「男」と「女」に抽象化して描く技法があるが、しかしそれよりも何よりも、「飲

*古典には早く――「伊勢集」詞書、「伊勢物語」「和泉式部日記」「源氏物語」の一

んで飲んで飲まれて飲んで／飲んで飲みつかれて眠るまで飲んで」と、「飲む」という語を七つまで畳み重ねてうたうところが、我々呑《の》んべいの心を揺する。酒の磁力にあらがえない男の姿を、こんな風にたった一語の連なりで描き出した例など、これまでにはなかった。

当てにならぬ男の愛を恨む女の歌なら、古くからの俗曲や端唄《はうた》などではいくらもうたわれてきた。明治末期にはやったドンドン節*にも「酒はもとより好きでは飲まぬ／逢えぬ辛さに自棄《やけ》で飲む／やめておくれよ自棄酒《やけざけ》ばかり／弱い体を持ちながら／あとの始末は誰がする／ドンドン」などと見える。それは戦後の、「ネオン川」*、「港町ブルース」*「圭子の夢は夜ひらく」*など、愛を失った酒場女たちの間になお一貫して流れる悲しい涙だった。

・誰が名づけた川なのか／女泣かせのネオン川／好きで来たのじゃないけれど／いつか知らずに流されて／浮いた浮いたの酒をつぐ（ネオン川）

・呼んでとどかぬ人の名をこぼれた酒と指《ゆび》で書く／胸に涙のああ愚痴《ぐち》ばかり／港別府長崎枕崎（港町ブルース）

・夜咲くネオンはうその花／夜飛ぶ蝶々もうその花／うそを肴《さかな》に酒をのみゃ／夢は夜ひらく（圭子の夢は夜ひらく）

部など、主該主人公を「男」と「女」に還元して叙述する。

*ドンドン節―明治から大正初期にかけてうたわれた民間歌謡。この歌詞は明治四十四年に後藤紫雲《しうん》・添田唖《そえだあ》蝉坊《ぜんぼう》が作詞したドンドン節一番。

*「ネオン川」―横井弘作詞・佐伯としお作曲・昭和四十一年。

*「港町ブルース」―深津武志作詩・猪俣公章作曲・昭和四十四年。

*「圭子の夢は夜ひらく」―石坂まさを作詞・曽根孝明作曲・昭和四十五年。

「黒田節」*の時代は酒はまだ男のものであった。しかし酒の歌は、その後長く女性の手にあけわたされてきた。その女性の歌を久しぶりに男の側に奪回したのは、古賀政男が五音短音階にギターのトレモロを取り入れた独特な曲調で発表した昭和六年の「酒は涙か溜息《ためいき》か」*だったと言っていい。

酒は涙か溜息か心のうさの捨てどころ／遠いえにしのかの人に夜《よ》ごとの夢のせつなさよ／酒は涙か溜息か悲しい恋の捨てどころ／忘れた筈のかの人に残る心のなんとしょう

この歌も「なんとしょう」という句からみて、女歌とみるのが正しいのであろうが、三・四・五と漸層《ぜんぞう》的に繰り返される「酒は涙か溜息か」という惹《じゃっ》句《く》が、男の心を代弁する歌としてぴったりで、国民歌手とでもいうべき藤山一郎がうたったことがさらにそれに拍車をかけた。小事ではあるが、スナックなどで女性がこの歌をうたうのを聴いたことがない。

酒に涙するのはなにも女性に限ったことではない。男もまた大いに酒に涙する。さすらいの果てに北の酒場に行き着く男の姿を哀切にうたった「旅の終りに」*、阿《あ》久悠《くゆう》の作詞による「舟唄《ふなうた》」*など、演歌はその後、男歌としての酒の歌も次々と生み出してきた。

＊黒田節―九州福岡の民謡。「酒は飲め飲め／飲むならば／日の本一のこの槍を／飲みとる程に／飲むならば／これぞまことの／黒田武士」。

＊「酒は涙か溜息か」―高橋掬太郎《きくたろう》作詞・古賀政男作曲・昭和六年。33にも既出。

＊「旅の終りに」―立原岬《みさき》作詞・菊地俊輔作曲・昭和五十二年。

＊「舟唄」―阿久悠作詞・浜

旅の終りに見つけた夢は／北の港の小さな酒場／暗い灯影《ほかげ》に肩よせあって／歌う故郷《こきょう》の子守唄（旅の終りに）
圭介作曲・昭和五十四年。

お酒はぬるめの燗《かん》がいい／肴《さかな》はあぶったイカでいい／女は無口の人がいい／灯りはぼんやりともりゃいい（舟唄）

いずれにせよ、演歌の酒にはいつも涙が溢れている。酒は集団の中の孤独、孤独の中で人のぬくもりを求める男や女たちの心の底辺をいつも受け止めてきた。それはいつでも自分を迎え取ってくれる相手であり、集団と孤独を繋ぎとめる物いわぬ後ろ楯《だて》であった。

——飲んで飲んで飲まれて飲んで／飲んで飲みつかれて眠るまで飲んで。

人はなぜ酒を求めてやまないのか。心よき酩酊《めいてい》、日常の中にある密やかな解放、そして心よき放吟《ほうぎん》と涙。

「酒は飲んでも飲まれてはならぬ」。人はそう呟きながら、今夜もまた酒と出会うため巷《ちまた》への一歩を踏み出す。しかしまた酒は、本書の最初に述べたように、人類の喉仏《のどぼとけ》に永遠に突き刺さった小骨であることも間違いない。

酒の歌概観

日本の酒の歌の歴史は、大ざっぱには次の四段階に展開してきたといってよいだろう。

一　上代——酒に対して中国風のおおらかな姿勢を維持していた時代

二　平安時代から江戸時代中期——宮廷儀礼歌を除いて酒の歌が影を潜めた時代

三　江戸時代後期——国学の隆盛によって酒の歌が日常世界に復活した時代

四　近代から現代——近代人の内面の孤の抒情を訴えた時代

一は、魏志倭人伝《ぎしわじんでん》の時代から万葉の時代を挟んで平安朝初期まで。漢詩人たちが中国の詩仙に倣って、酒を詠じたことは言うまでもないが、和歌の世界でも、大伴旅人《おおとものたびと》の「讃酒歌《さんしゅか》十三首」を頂点に酒の歌はおおらかにうたわれていた。

二は、一概には言えないとしても、勅撰集の時代と、それを承けた中世後期の二条派和歌が支配した時代に見合っている。民間での飲酒癖をよそに、酒は俗の俗なる物として雅《が》の対象から長く疎外され、これというい酒の歌を見い出すことができない。

三は、真淵《まぶち》らを始めとする古学派《こがくは》の台頭によって、万葉の古風が復活し、酒が太平謳歌の地上世界の潤滑材として、再び復活を果たした時代である。

四は、現代にまで直結する時代。牧水《ぼくすい》、啄木、勇《いさむ》らから戦後や現代の歌人たちまで。酒は自己の孤独を癒す抒情の具として個性的な展開を示したが、前衛派歌人たちにとってはその抒情のもたれ合い自体が糾弾《きゅうだん》すべき対象ともなった。

作者一覧

作者	出典	制作年・刊年	西暦	主要歴史事跡
作者未詳	催馬楽	七世紀頃		
常陸国人某《ひたちのくにびとぼう》	常陸国風土記	同		
高橋邑《むら》人活日《いくひ》	日本書紀	第十代崇神天皇		
一娘子《をとめ》	万葉集	八世紀頃		七六〇年頃　万葉集成る
山上憶良《おくら》	万葉集	八世紀前半		
大伴旅人《たびと》	万葉集	同		
大伴氏一族某	万葉集	天平十年	七三八	
大伴家持《やかもち》	万葉集	天平二十年	七四八	七九四年　平安京遷都
藤原敏行	古今集	九世紀後半		九〇五年　古今集成立
大中臣能宣《よしのぶ》	拾遺集	十世紀後半		
源俊頼	散木奇歌集	十二世紀前半		一〇八六年　白河院政開始

寂蓮	六百番歌合	文治四年	一一八八	
正　徹《しょうてつ》	草根集	十五世紀前半		
三条西実隆《さねたか》	再昌草	大永八年	一五二八	
伝暁月坊	狂歌酒百首	室町後期		一六〇三年　江戸幕府創設
伝細川幽斎	続江戸砂子	江戸中期		
賀茂真淵《まぶち》	賀茂翁家集	文化三年刊	一八〇六	
小沢蘆庵《ろあん》	六帖詠草	文化八年刊	一八一一	
良寛	布留散東《ふるさと》	十九世紀初期		
頭《つむり》の光	万代狂歌集	文化九年刊		
四方赤良《よものあから》（南畝《なんぽ》）	をみなへし	十九世紀初		
清水浜臣《はまおみ》	泊洦舎《さざなみのや》集	文政十二年刊	一八二九	
平賀元義	平賀元義集	十九世紀中頃		
橘曙覧《あけみ》	志濃夫廼舎《しのぶのや》歌集	同		一八六八年　明治維新
正岡子規	竹の里歌	明治三十年	一八九七	

与謝野鉄幹《てっかん》	紫	明治三十四年刊	一九〇一
北原白秋	桐の花	明治四十二年刊	一九〇九
若山牧水《ぼくすい》	路上	明治四十四年刊	一九一一
吉井　勇《いさむ》	酒ほがひ	明治四十三年刊	一九一〇
石川啄木《たくぼく》	釧路新聞	明治四十一年	一九〇八
石榑《いしくれ》千亦《ちまた》	自筆墨跡	大正頃か	
斎藤茂吉	寒雲	昭和十五年刊	一九四〇
井伏鱒二《ますじ》	厄除け詩集	昭和十二年刊	一九三七　一九四五　終戦
宮柊二《しゅうじ》	日本挽歌	昭和二十八年刊	一九五三
山崎方代《ほうだい》	右左口《うばぐち》	昭和四十八年刊	一九七三
石田比呂志	九州の傘	平成元年刊	一九八九
前登志夫	子午線の繭《まゆ》	昭和三十九年刊	一九六四
福島泰樹《やすき》	エチカ・一九六九以降	昭和五十七年刊	一九八二

塚本邦雄　黄金律　平成三年刊　一九九一　平成三年バブル崩壊

星野哲郎　昭和三十三年　一九五八

河島英五　昭和五十二年　一九七七

解説　「酒・酒の歌・文学」──松村雄二

一

はじめに

酒一般について網羅《もうら》的俯瞰《ふかん》的な論評を加えることはむずかしい。酒の醸造《じょうぞう》過程や酒の種類、あるいは居酒屋紹介といった書物は多く見かけるが、酒論などという本はなかなか書きにくい。酒の方に問題があるわけではなく、それを飲む人間の側に問題があるというのがその根本的理由である。田村隆一が編んだ「日本の名随筆11〈酒〉」や、吉行淳之介編「酔っぱらい読本《どくほん》」三冊等に酒をテーマにした文章が集成されているけれども、そのほとんどは若い頃からの自分と酒との付合いを回想したものに過ぎない。また、ここで、改めて本書「酒の歌」に収めた歌の内容を祖述《そじゅつ》したとしても、屋上屋《おく》を重ねるだけだろうから、以下、本書執筆中に心をよぎったいくつかのことを書き留めて解説に代える。

日本酒と日本人の相性

本書で取り上げた酒は、一部を除いてすべて日本酒である。ワインは織豊《しょくほう》時代以降、ビールやウイスキーなどは文明開化以降に入ってきたものだから、古い時代の歌が日本酒を詠んだものであることは当然であるが、近代に入っても、歌人たちが対象にした酒はもっぱら日本酒であった。長い日本酒の歴史が日本人の生活風習のかなりの部分を作りあげてきたことはいかんともしがたい。

日本酒はそもそもが、醸造酒をさらに蒸留して造るウイスキーやラム、ウオッカといった洋酒類とは異なり、米麹《こうじ》や酒糟《さけかす》等の発酵原料をそのまま醸《かも》して造る醸造《じょうぞう》酒である。従って、日本酒がもたらす酩酊《めいてい》の度合は、洋酒が持つ苦く強烈な味わいとは異なり、どこか我々の身体の芯《しん》や臓腑《ぞうふ》をじかに融かしてしまうような、ある種粘着的な特質がついてまわる。そうした特性が、やはり日本人の感性や情愛を長きに渡って醸成させてきた。お銚子《ちょうし》を何本も並べたり、差しつ差されつの応酬をしたり、あるいは燗《かん》をして飲むといった日本酒に付きものの風習も、日本人の共同体的精神を何がしか象徴させるものがある。

しかもそれはまた一方で、伊藤整がいみじくも「日本酒はいけない。日本酒は、あの宴会という日本の社会の儀式と義理と人情とを思いださせる」（「酒についての意見」）と喝破《かっぱ》したように、我々のうちに何か非解放的なうちうちという精神感覚を助長させてきたことも確かであろう。それが酒を飲む自分を冷静に突き放して眺めるという客観的な視点を育ててこなかった理由の一つであることも、間違いあるまい。これが日本の酒の歌にとっての問題の一つである。実際、白秋や塚本邦雄《くにお》といったモダニズム系の前衛歌人が日本酒の歌を詠むことを嫌ったのは、日本酒につきもののそうしたセンチメンタルな持たれ合いの精神に耐えられなかったからだということがありそうだ。

中国と日本と

これと関連するのかどうか、日本人の酒の歌には次のような問題もある。淵明《えんめい》や李《り》白《はく》、杜《と》甫《ほ》、楽天《らくてん》その他、中国の多くの詩人たちが、いわば酒徳《しゅとく》の醍醐味といったものを天衣無縫《てんいむほう》にうたっているのに比し、日本の歌人たちの酒の歌には、大伴旅人《おおとものたびと》や橘曙覧《たちばなあけみ》ら一部の歌人の歌を除いて、残念ながらそれほど秀逸なものが見当たらないということだ。大陸の詩人たちの詩には、それこそ「羽化登仙《うかとうせん》」といった気宇《きう》がまとわりついていて、たとえ地方に逼塞《ひっそく》していても、その広大な辺境の大地や自然に立って、世界を睥睨《へいげい》する壮大な気概を発散することができ、酒はその解放の一手段たりえていたということができる。しかし、日本人の酒の歌には、自身の国を「粟散国《ぞくさんこく》」と言い慣らわしてきた国風《くにぶり》に相応したのか、どこかせせこましいという観が否めない。草木国土《そうもくこくど》すべて上一人《かみいちじん》の下という意識が底流していて、地方にあってもおよそ天下国家を論ずる自由さがなかったとも言いうるだろう。酒はせいぜい、自己の憂悶や鬱屈《うっくつ》を慰める哀しい相手に過ぎなかったとも言えるのではあるまいか。

　平安時代から江戸時代の中期に及ぶ実に長い間、貫之《つらゆき》や定家《ていか》、正徹《しょうてつ》といった有名な歌人たちでさえ、ほとんどこれと誇れるような酒の歌を残さなかった。鎌倉末期に出た通人吉田兼《けん》好《こう》は、『徒然草』の中で「友とするに悪《わろ》きもの七つ」の四つめに堂々と「酒を好む人」を挙げている。これなぞは、端境期《はざかいき》における酒の位置を露骨に明かしていると言えまいか。酒は総じて失敗談の対象として士君子から冷笑視されることが多かったが、実際には、説話や記録の中に酒の話がいくらも見い出せるように、巷間では不断に飲まれていたに違いなかった。人はいつの世でも酒を手離すことはなかった。

二

「気違い水」のイロニー

人はなぜ酒を手離せないのだろうか。言うまでもなく、酒には人を「酔い」という幻妖の世界に誘いこむ即効性がある。太古以来人間は「酔い」が誘いこむその蠱惑的《こわくてき》な魅力に取り憑《つ》かれ、様々な酔態を演じてきた。酒のほかにも人類の歴史に深刻な悲喜劇を刻して来たものに、「色欲」「嫉妬」「復讐」といった、これも人間にとって不可避《ふかひ》的な大問題があるが、しかし酒くらい日常的にトラブルを引き起こす物はあるまい。無くても命に差し支えないが、といってそれが無いと始まらないといった存在はそうは見つからない。しかも酒は、百人にそれを呑ませれば百人それぞれが異なる「酔い」を見せるという厄介な代物《しろもの》で、といってそれは別に酒の罪でも何でもないというアイロニカルな存在なのである。

一方では酒の功徳《くどく》や効能を説く「酒徳《しゅとく》」というプラス志向の言葉がある。酒は人の気分を慰め、うまく呑めばその功徳《くどく》はてきめんで、恩寵の基《もとい》ともなりうる。白居易は酒を「三友」(「北窓三友詩」)の一と讃えたが、大陸には酒の徳を謳歌する「酒仙」や「酒聖」と称される人士に事欠かず、酒はまさに天地の間を遊弋《ゆうよく》する命の水でもあった。日本でも早く大伴旅人が酒の効用やその価値を賞讃していたことは周知の通り。

その反面、「酒毒」「酒狂」「酒乱」「酔態」「狂酔」「悪酒」といった、酒のマイナス面を指し示す多様の言葉があり、酒は人間の正常心を奪う反社会的な害毒たり得るという認識も強い。「酒呑み本性違《たが》わず」という諺や「酒は飲んでも呑まれるな」という警句もあって、酒を飲むと大抵の人間は乱れて酔態《すいたい》をさらすのが落ちである。実際、酔っ払った人間ほど始末におえないものはない。今まで君子然《くんしぜん》としていた人間が突如として大豹変《ひょうへん》する。やたら諄《くど》くなったり、相手の言葉に絡んだり、人を見下したり、外に出ろと叫んだり、自分がいかに偉いかを得々《とくとく》と自慢したり、かと思うとやたら泣き言を並べたりする。本人が自覚しないでそうなるのだから恐ろしい。例によって『徒然草《つれづれぐさ》』には、そうした人間の醜態をこれでもかというぐらいに念入りに描き出した一段がある。

世には心得ぬ事の多きなり。ともあることには、まづ酒を勧めて強ひ飲ませたるを興とする事、いかなる故とも心得ず……引き止めて漫《すず》ろに飲ませつれば、……前後も知らず倒れ伏す……。人の上にて見たるだに心憂し。……或はまたわが身いみじき事ども傍《かたは》らいたく言ひ聞かせ……、かかる事をしてもこの世も後の世も益《やく》あるべき業《わざ》ならねば……、百薬の長とはいへど、万づの病は酒よりこそ起これ……（一七五段）。

酒はまさに善悪二面を背負ったヤヌス神のようなもので、相反するこの両面を備えた酒の有りようをいったいどう摑まえたらよいか。しいていえば、酒の事を「気違《きちが》い水」と称してきたのが最大公約数的な定義と言えようか。

日常の中の超現実

にも関わらず、人が酒を断つことをしないのは、先にも触れたように、ひとえに人を幻妖の世界に誘い込むその即効性という点にあるとみるほかない。それは功徳と害毒とに分岐する以前の、酒が持つあらがいがたい魅力であるように思われる。

我々は結局のところ、現実という釈迦《しゃか》の掌《てのひら》の内から抜け出せない限界的な存在であるが、現実の内側でいつもバタバタしているだけでは気が済まない存在でもある。理想や正義や善といった現実を超えるある種の理念を用意して、現実を相対化させ無化せずにはいられない。しかし理想とか正義とかというしち面倒くさい論理を持ち出すのは億劫《おっくう》だ。その時、そうした面倒くさい精神的な苦渋を強いずに、てっとり早く現実を超える手段として打ってつけなのが、目の前の酒なのである。酒を飲むと、現実はいとも簡単にどこかへ行ってくれる。遠藤周作《えんどうしゅうさく》は「酒」という小エッセイの中で、いったん酒に酔うと、平生は恐くて飛べない崖を平気で飛び下りたり、そこにある郵便ポストを押し倒そうとしたくなると語り、ある時などは人妻を送って行った先でその家の板塀を押しつぶして大騒ぎになったと回想している。酔ってくると、自分が何かスーパーマンでもなったような気がして、現実など糞食らえだ、矢でも鉄砲でも持ってこいという超絶人間の気分になる。

もちろん酔っぱらった勢いなどというものはごく一時的《いちじてき》なものであって、実際には決して現実を変えはしない。さんざん栄耀栄華の生活を送ってふと気づけば、以前と同じ洛陽《らくよう》の門外に佇《たたず》んでいた杜子春《とししゅん》のようなものである。そんなことは十分承知しているのだが、そうした自覚なぞをあっさりと放擲《ほうてき》させてくれるのがまた、ほかならぬその酒なのである。要するに酒とは、結果なぞ気にせず、ほとんど無担保《むたんぽ》で現実を手っとり早く忘れさせてくれ、自分を融通無碍《むげ》の英雄世界に連れて行ってくれる便利で安い「誘い水」でもあるわけである。結果はともかく、それは、酒が「気違い水」である以前に、我々に持たらしてくれる確かな効果だと言っていい。

繰り返すが、酒自体には罪がない。問題は常に人間の側にある。こういう人間の生態を容赦なく抉《えぐ》り出すのがそれこそ文学に与えられた仕事とはいえ、酒が人間に持たらすこの複雑怪奇な種々相を、はたして酒の歌や小説がどこまで捉え切れるというのか。

三

文学者たちの酒

本書執筆中に、読書案内に記した『酔っぱらい読本』三冊シリーズに少なからず目を見開かされたことがあった。先に引用した伊藤整や遠藤周作の言も同シリーズから引用したものであるが、伊藤整の文章中には次のような述懐もあって身につまされた。要約していえば、「私は酒を飲めない質《たち》ではないが、酒に酔って豹変《ひょうへん》した人物を見ると、私もああなるのかとそぞろ恐怖が湧き、相手の気がこちらに乗り移ってくる気がして、どうにも酒を飲む気になれなくなってしまう」というのである。人の狂態に自分の鏡像を見て自制するというこの態度は、酒呑みなら誰でも襟《えり》を正さなければならない至言《しげん》であろう。

ちなみに明治人の鷗外もいち早くこの自戒を実践し、文壇復帰の第一作である口語体小説「半日《はんじつ》」に、主人公の文科大学教授高山峻《しゅんぞう》蔵博士の口を借りて、自家における仕きたりを次のように記している。――「博士は葉巻に火を付けた。家の中には酒精《しゅせい》飲料は一切置かないといふ主義で、同時に二人の女に関係するやうな余裕はないと云ってゐるのであるから、道楽は煙草丈《たばこだけ》である。」

鷗外自身は酒の歌も結構残していて、滞欧時代にはビールをかなり飲み、帰朝後も観潮《かんちょう》楼《ろう》歌会などでは洋酒を振る舞ったりしているが、家庭での酒は慎んでいたらしい。鷗外らしいけじめといっていいのだろうが、実際には伊藤整や鷗外のこうした教訓も、いざ自分の事となるとモットーとはなりにくい。人は他人の酔態を 見て笑うことは出来るが、自分がそうなるとまではなかなか思い至らず、昨夜の自分の狂態に我ながらつくづく愛想が尽きても、日が落ちればまた居酒屋へ足を向けるというのが落ちである。

「酒品」と「酒悲」という言葉

酒の飲み方に「酒品《しゆひん》」という語があることもこのシリーズの中で知った。小林秀雄と大岡昇平のエッセイの中に出て来て、小林は「私の呑み仲間は、酒品がないのがそろっていて」などと使っている(「酔漢」)。その小林から酒を教わったという大岡昇平は、小林が「三十や四十ごろからはじめた酒のみは、だらしがねえ、おれのように十代からのみはじめた者には、三十も越せば、自ずと酒品というものを備えて来るものだ」と語っていたという(「酒品」)。私の経験上でも、酒を綺麗に飲む人という人は、年季《ねんき》の入った人の中に確かにいるのである。酒の飲み方でこの「酒品」があるかないかということを目安にすることは、自ら自省するに足る取って置きの方法かもしれない。

また高橋和巳《かずみ》の「酒と雪と病い」という小品によって、「酒悲《しゆひ》」という言葉があることも知った。白楽天に「誰か料《はか》らんや平生狂酒の客。如今却《じよこん》って酒悲《しゆひ》の人なるを」という詩があるよし。高橋は「酒に悲しみをまぎらそうとし、かえって酒に悲しみを倍加させてしまうという意味にもちいられる」と説明しているが、さしずめ20で扱った小沢蘆庵《おざわろあん》の「世の憂さを忘るる酒に酔ひしれて身の愁そふ人もありけり」という歌など、その「酒悲」の日本版と言っていいのだろう。蘆庵が楽天の詩を思い浮かべていた可能性は大いにあり得る。石川啄木の歌などは、恐らくはこの「酒悲」の日々の連続であったに違いないと思わせる。
『酔っ払い読本』の中には、他に「多くの酒を無駄に飲むということは恥ずべきである。少量の酒で酔う人こそ合法的なのである」（加太《かた》こうじ「酒と人生」）とか、「小生のように、しばしば面目ない酔い方をする者の場合、深刻な反省に迫られ、良心の呵責《かしゃく》に耐えかねて、禁酒の已むなきに至ることが、実に度々あり……」（長部日出雄《おさべひでお》「禁酒のたのしみ」）といった傑作な告白もある。

酒文学の少なさ

世には酒豪として知られる文士に事欠かない。酒で有名な牧水《ぼくすい》が沼津の千本松原時代に飲んでいた酒量はほぼ一日一升と報告されているが、私小説作家の葛西善蔵の酒も有名で、筆が執れなくなった晩年の渋谷三宿《みしゅく》時代に口述筆記に借り出された嘉村礒多《かむらいそた》が、この老残の作家が「日に一升として年に三石《ごく》六斗あまり、一升五合平均とすればざっと五石、毎月四斗《よんと》樽《だる》一本ずつ飲んできた」と豪語していたと記している。

酒に強い作家といえば、内田百閒《ひゃっけん》を始め、小林秀雄、織田《おだ》作之助、金子光晴、坂口安吾、埴谷雄高《はにやゆたか》、北杜夫《もりお》、立原《たちはら》正秋、阿川《あがわ》弘之、遠藤周作、吉行《よしゆき》淳之介、野坂昭如《あきゆき》らそうそうたる人々がいるが、酒そのものを主筋に置いた小説は実際にはそう多くはない。気づいたところでは、劉大成という男の腹中に巣くう酒虫を吐き出させるという話を描いた芥川龍之介の「酒虫《しゅちゅう》」（大五）、深夜にやってきた知合いの酔漢から明け方まで厭味を聞かされるという有島武郎の「酒狂《しゅきょう》」（大十二）、酔って大怪我した男との奇妙な交流を描いた井伏鱒二《いぶせますじ》の「夜ふけと梅の花」（昭五）、四升の酒を友人たちと二日間かけて無理して飲み明かすという酒男のコンプレックスを描いた太宰治の「酒ぎらひ」（昭十四）といったところであろうか。太宰は高等学校以来毎日のように酒を飲んでいたにも関わらず、実際にはヤケ酒がほとんどで、そんなに強くはなかったことが、他ならぬその小説から窺われる。

歌に関していえば、万葉の昔から現代まで古典和歌と近現代短歌を合せてゆうに二、三十万は越えると推定される歌の中で、酒のことをうたった歌は、おそらくは一千首にも満たないと思われる。酒が日常に瀰漫《びまん》しているにも関わらず、酒のことを正面から描いた歌は、小説同様、意外に少ないのである。たった三十一文字の中で酒の何たるかを説明することはもともと不可能に違いなく、本書で取り扱った酒の歌も、素材としての酒が点描されているに過ぎない。ことほど左様《さよう》に酒のことを文学化することは実際にむずかしい。しかし逆にいえば、酒の歌がそう目立たないのは健全なことではないかと言えなくもない。

酒豪の記録

最後に余計なことを一つ。いったい人はどのくらい酒が飲めるものか。何といっても凄いのは中国で、李白などは、自ら「三百六十日日々酔うこと泥の如し」（「内に贈る」）とうたっているくらいだ。杜甫《とほ》に八人の伝説的酒豪をうたった「飲中八仙歌」という詩があって、その李白について「李白一斗百詩」と称えあげ、また「汝陽《じよよう》（李璡《りしん》）は三斗にして始めて天に朝《ちよう》す」とか、「焦遂《しようすい》は五斗にして方《はじ》めて卓然《たくぜん》たり」などと凄まじいことを書いている。中国詩の誇張癖を差し引いても、やはり恐るべき酒豪たちといえよう。

酒に関する著を多数持つ小泉武夫氏の編になる『日本酒 百味百題』という本によれば、日本では、文化十四年（一八一七）の三月に両国柳橋の料亭で行われた酒合戦で、鯉屋《こいや》利兵衛なる者が一斗九升五合を飲んだという記録があって、これが今のところ日本での最高記録らしい。本邦最初の酒合戦《さけがっせん》なるものは、平安時代前期の延喜十一年（九一一）、宇多法皇の亭《てい》子院《じいん》で行われた藤原仲平や伊衡《これひら》以下の八人の貴族による酒比べだというのが定評で、紀長谷《きのはせ》雄《お》が「亭子院に飲を賜ふ記」（「本朝文粋」十二）に書いている。（これは11の藤原敏行《としゆき》の項で簡単に触れた。）江戸時代には「水鳥記《すいちょうき》」（茨木春朔）や「続水鳥記」（大田南畝《なんぽ》）といった本も出ていて（「水鳥」の字は「酒」を偏《へん》と旁《つくり》に分解したもの）、酒合戦の記事がいくつか記されている。文化十二年（一八一五）に千住《せんじゅ》で行われたものは、厳島《いつくしま》、鎌倉、江島、万寿無量、緑毛亀、丹頂鶴といった大盃が用意され、その酒を飲みほす毎に点をつけて酒量を競った個人合戦で、検分役を勤めた南畝は、二升五合入る緑毛亀盃を三杯つまり七升五合飲んだ野州小山《おやま》在の佐兵衛という男が優勝したと書いている。

　これは酒量の話ではないが、食通の阿川弘之《ひろゆき》の『食味風々録』に、大伴旅人《たびと》にあやかった「讃酒歌」というタイトルの一編があって、昔海軍では「菊正宗《きくまさむね》」や「白鷹《はくたか》」の孤《こも》かぶりを何樽《たる》も積み込んで出航しただとか、少・中尉クラスの若い士官らが洋上での長い断酒から解放されると、海軍御用旅館に乗り込んで四斗樽と二槽の湯船を用意させ、四斗樽を開けたその酒風呂に浸《つか》ったとかいうとんでもない話を書いている。

　しかし総じていえば、こうしたことは別に誇るべきことでもないし、だから何なのだとも言いたくなることでもある。酒の話にはえてして、「要するに酒の上の話だろう」といっただめ押しが最後につきまとうもので、酒を歌に詠んだり小説にすることがむずかしいという理由は、案外、こんな諦めに近いところにあるのかもしれない。

読書案内

○酒の歌を何らかの形で載せるもの

1『角川現代短歌集成1　生活詠』岡野弘彦・岡井隆・馬場あき子・篠弘・佐佐木幸綱監修。二〇〇九年十一月・角川学芸出版。

現代短歌の中から「酒・飲酒」の項―ウイスキー・酒・シャンパン・焼酎・般若湯・ビール・ブランデー・ワイン・葡萄酒・居酒屋・ぐい呑・杯盃・酒場・ひとり酒・昼酒・二日酔い・酔うの各項目に約一七〇首の酒をうたった歌を収める。今のところ、酒の歌を集成したものとしては最大のものである。

2『日本秀歌秀句の辞典』久保田淳・野山嘉正・堀信夫監修。一九九五年・小学館。

「酒」「居酒屋」「酔う」の項目がある。

3『日本名歌集成』一九八八年・學燈社。

4『新編　和歌の解釈と鑑賞事典』井上宗雄・武川忠一編。一九九九年・笠間書院。

○酒一般の知識を網羅したもの。類書は多いが、いくつかを掲げる。

1『日本の酒文化総合辞典』荻生待也編著。二〇〇五年十一月・柏書房。

酒に関する古来の語彙をすべて拾い集めた八〇〇頁を越える大冊で、珍書、奇書と言うべきもの。そのうち、二〇〇頁を資料編にあて、日本の古今の文献に出る酒に触れた文章をほぼ網羅する。

2 「日本酒　百味百題」小泉武夫監修。二〇〇〇年四月・柴田書店。

「酒学入門」（一九九八・講談社・共著）、「酒に謎あり」（一九九八・講談社）、「日本酒ルネッサンス」（一九九二・中公新書）など、酒に関する書を多く上梓している酒学の権威小泉武夫氏監修のコンパクトな酒百科事典。

3 「日本の酒」坂口謹一郎著。二〇〇七年八月・岩波文庫。

発酵菌類、醸造など応用微生物学の権威である農学博士坂口氏による日本酒の解説書。一九六四年刊岩波新書の文庫版。

4 「酒が語る日本史」和歌森太郎著。一九七五年六月・角川文庫。

「酒の原始的意味」から「近代を開いた酒呑みたち」まで、日本史上に酒豪か酒癖か名を馳せたことを基準に数々の有名人の行状を描く。河出書房新社版の文庫化。

○酒に関する文人たちのエッセイを集めたもの。

1 「日本の名随筆11〈酒〉」田村隆一編。一九八三年・作品社。

次の三十四氏のエッセイを載せる。2以下の「酔っぱらい読本」に採録された文章と重なるものが何篇かある。堀口大学・吉田健一・開高健・後藤明生・北杜夫・山口瞳・田村隆一・内田百閒・吉行淳之介・赤塚不二夫・坂口安吾・野坂昭如・吉田知子・田中小実昌・安岡章太郎・金子兜太・武田泰淳・富士正晴・小林秀雄・大岡昇平・高橋和巳・中野重治・上林暁・森崎和江・宇野信夫・戸板康二・沢木耕太郎・

佐多稲子・吉原幸子・田辺聖子・丸谷才一・草野心平・檀一雄・辻嘉一。

2 「酔っぱらい読本」吉行淳之介編。二〇一二年・講談社文芸文庫。徳島高義解説。一九七八年十一月から刊行された講談社刊の全七巻版『酔っぱらい読本』第一・二巻に収録された文章の中から日本人の手になる二十二編を選出したもの。小林秀雄・井伏鱒二・阿川弘之・太宰治・武田泰淳といった酒の通人たちの酒談義や回想記。1の「日本の名随筆11」と重なるものが何編か見える。

3 「続・酔っぱらい読本」同右。二〇一三年・講談社文芸文庫。坪内祐三解説。

4 「最後の酔っぱらい読本」同右。二〇一四年・講談社文芸文庫。中沢けい解説。共に2の「酔っぱらい読本」の続編。3には、永井龍男・立原正秋・遠藤周作ら二十三人、4には、高橋和巳・野坂昭如ら二十一人のエッセイが載る。

【著者プロフィール】

松村雄二（まつむら・ゆうじ）

＊1943年東京都生。
＊東京大学大学院博士課程満期退学。
＊共立女子短期大学助教授、国立国文学研究資料館教授。
＊現在　同資料館名誉教授。
＊主要著書
『百人一首―定家とカルタの文学史』（平凡社）
『『とはずがたり』のなかの中世―ある尼僧の自叙伝―』（臨川書店）
『日本文藝史―表現の流れ―（中世）』（河出書房新社・共著）
『戦後和歌研究者列伝』（笠間書院・共著）
コレクション日本歌人選『辞世の歌』（笠間書院）
『西行歌私註』（青簡舎）

酒《さけ》の歌《うた》　　コレクション日本歌人選 080

2019年2月25日　初版第1刷発行

著　者　松村雄二

装　幀　芦澤泰偉

発行者　池田圭子
発行所　笠間書院

〒101-0064　東京都千代田区神田猿楽町2-2-3
NDC分類 911.08　電話03-3295-1331 FAX03-3294-0996

ISBN978-4-305-70920-2

本文組版：ステラ　印刷／製本：モリモト印刷
「夜がわらっている」「酒と涙と男と女」 JASRAC 出1900684-901

コレクション日本歌人選　第Ⅰ期〜第Ⅲ期　全60冊！

第Ⅰ期　20冊　2011年（平23）2月配本開始

1	柿本人麻呂	かきのもとのひとまろ	高松寿夫
2	山上憶良	やまのうえのおくら	辰巳正明
3	小野小町	おののこまち	大塚英子
4	在原業平	ありわらのなりひら	中野方子
5	紀貫之	きのつらゆき	田中登
6	和泉式部	いずみしきぶ	高木和子
7	清少納言	せいしょうなごん	圷美奈子
8	源氏物語の和歌	げんじものがたりのわか	高野晴代
9	相模	さがみ	武田早苗
10	式子内親王	しょくしないしんのう（しきしないしんのう）	平井啓子
11	藤原定家	ふじわらていか（さだいえ）	村尾誠一
12	伏見院	ふしみいん	阿尾あすか
13	兼好法師	けんこうほうし	丸山陽子
14	戦国武将の歌		綿抜豊昭
15	良寛	りょうかん	佐々木隆
16	香川景樹	かがわかげき	岡本聡
17	北原白秋	きたはらはくしゅう	國生雅子
18	斎藤茂吉	さいとうもきち	小倉真理子
19	塚本邦雄	つかもとくにお	島内景二
20	辞世の歌		松村雄二

第Ⅱ期　20冊　2011年（平23）10月配本開始

21	額田王と初期万葉歌人	ぬかたのおおきみ　しょきまんようかじん	梶川信行
22	東歌・防人歌	あずまうた　さきもりうた	近藤信義
23	伊勢	いせ	中島輝賢
24	忠岑と躬恒	みぶのただみね　おおしこうちのみつね	青木太朗
25	今様	いまよう	植木朝子
26	飛鳥井雅経と藤原秀能	まさつね　ひでよし	稲葉美樹
27	藤原良経	ふじわらのよしつね（りょうけい）	小山順子
28	後鳥羽院	ごとばいん	吉野朋美
29	二条為氏と為世	にじょうためうじ　ためよ	日比野浩信
30	永福門院	えいふくもんいん（ようふくもんいん）	小林守
31	頓阿	とんな（とんあ）	小林大輔
32	松永貞徳と烏丸光広	ていとく　みつひろ	高梨素子
33	細川幽斎	ほそかわゆうさい	加藤弓枝
34	芭蕉	ばしょう	伊藤善隆
35	石川啄木	いしかわたくぼく	河野有時
36	正岡子規	まさおかしき	矢羽勝幸
37	漱石の俳句・漢詩		神山睦美
38	若山牧水	わかやまぼくすい	見尾久美恵
39	与謝野晶子	よさのあきこ	入江春行
40	寺山修司	てらやましゅうじ	葉名尻竜一

第Ⅲ期　20冊　2012年（平24）6月配本開始

41	大伴旅人	おおとものたびと	中嶋真也
42	大伴家持	おおとものやかもち	小野寛
43	菅原道真	すがわらみちざね	佐藤信一
44	紫式部	むらさきしきぶ	植田恭代
45	能因	のういん	高重久美
46	源俊頼	みなもとのとしより（しゅんらい）	高野瀬恵子
47	源平の武将歌人		上宇都ゆりほ
48	西行	さいぎょう	橋本美香
49	鴨長明と寂蓮	ちょうめい　じゃくれん	小林一彦
50	俊成卿女と宮内卿	しゅんぜいきょうじょ　くないきょう	近藤香
51	源実朝	みなもとのさねとも	三木麻子
52	藤原為家	ふじわらためいえ	佐藤恒雄
53	京極為兼	きょうごくためかね	石澤一志
54	正徹と心敬	しょうてつ　しんけい	伊藤伸江
55	三条西実隆	さんじょうにしさねたか	豊田恵子
56	おもろさうし		島村幸一
57	木下長嘯子	きのしたちょうしょうし	大内瑞恵
58	本居宣長	もとおりのりなが	山下久夫
59	僧侶の歌	そうりょのうた	小池一行
60	アイヌ神謡ユーカラ		篠原昌彦

推薦する――「コレクション日本歌人選」

篠　弘

●伝統詩から学ぶ

啄木の『一握の砂』、牧水の『別離』、さらに白秋の『桐の花』、茂吉の『赤光』が出てから、百年を迎えようとしている。こうした近代の短歌は、人間を詠みうる詩形として復活してきた。しかし、実生活や実人生を詠むばかりではなかった。その基調に、己が風土を見つめ、豊穣な自然を描出するという、万葉以来の美意識が深く作用していたことを忘れてはならない。季節感に富んだ風物と心情との一体化が如実に試みられていた。

この企画の出発によって、若い詩歌人たちが、秀歌の魅力を知る絶好の機会となるであろう。また和歌の研究者も、その深処を解明するために実作を始められてほしい。そうした果敢なる挑戦をうながすものとなるにちがいない。多くの秀歌に遭遇しうる至福の企画である。

松岡正剛

●日本精神史の正体

和泉式部がひそんで塚本邦雄がさんざめく。道真がタテに歌って啄木がヨコに詠む。西行法師が往時を彷徨して寺山修司が現在を走る。実に痛快で切実な組み立てだ。こういう詩歌人のコレクションはなかった。待ちどおしい。

和歌・短歌というものは日本人の背骨であって、日本語の源泉である。日本の文学史そのものであって、日本精神史の正体なのである。そのへんのことはこのコレクションのすぐれた解説を読まれるといい。

その一方で、和歌や短歌には今日のメールやツイッターに通じる軽みや速さや愉快がある。たちまち手に取れるし、目に綾をつくってくれる。漢字・旧仮名・ルビを含めて、このショートメッセージの大群からそういう表情をぞんぶんにも楽しまれたい。

コレクション日本歌人選　第Ⅳ期

第Ⅳ期　20冊　2018年（平30）11月配本開始

61	高橋虫麻呂と山部赤人	たかはしのむしまろ とやまべのあかひと	多田一臣
62	笠女郎	かさのいらつめ	遠藤宏
63	藤原俊成	ふじわらしゅんぜい	渡邉裕美子
64	室町小歌	むろまちこうた	小野恭靖
65	蕪村	ぶそん	揖斐高
66	樋口一葉	ひぐちいちよう	島内裕子
67	森鷗外	もりおうがい	今野寿美
68	会津八一	あいづやいち	村尾誠一
69	佐佐木信綱	ささきのぶつな	佐佐木頼綱
70	葛原妙子	くずはらたえこ	川野里子
71	佐藤佐太郎	さとうさたろう	大辻隆弘
72	前川佐美雄	まえかわさみお	楠見朋彦
73	春日井建	かすがいけん	水原紫苑
74	竹山広	たけやまひろし	島内景二
75	河野裕子	かわのゆうこ	永田淳
76	おみくじの歌	おみくじのうた	平野多恵
77	天皇・親王の歌	てんのう・しんのうのうた	盛田帝子
78	戦争の歌	せんそうのうた	松村正直
79	プロレタリア短歌	ぷろれたりあたんか	松澤俊二
80	酒の歌	さけのうた	松村雄二